敌后兵工厂

衣向东◎著

中国言实出版社

图书在版编目（CIP）数据

敌后兵工厂 / 衣向东著 . -- 北京：中国言实出版
社, 2022.6
ISBN 978-7-5171-4160-0

Ⅰ.①敌… Ⅱ.①衣… Ⅲ.①长篇小说—中国—当代
Ⅳ.①I247.5

中国版本图书馆 CIP 数据核字（2022）第 106343 号

敌后兵工厂

责任编辑：王建玲
责任校对：代青霞

出版发行：中国言实出版社
    地 址：北京市朝阳区北苑路180号加利大厦5号楼105室
    邮 编：100101
    编辑部：北京市海淀区花园路6号院B座6层
    邮 编：100088
    电 话：010-64924853（总编室） 010-64924716（发行部）
    网 址：www.zgyscbs.cn 电子邮箱：zgyscbs@263.net

经 销：新华书店
印 刷：北京温林源印刷有限公司
版 次：2023年1月第1版 2023年1月第1次印刷
规 格：710毫米×1000毫米 1/16 15.5印张
字 数：180千字

定 价：58.00元
书 号：ISBN 978-7-5171-4160-0

　　这是 1940 年的初夏，胶东的天空，蓝得有些夸张，几朵白云蓬蓬松松地飘浮着，很像刚刚弹出来的新棉花。这样爽朗的天气，很容易使人生出莫名其妙的快乐，去想一些美好的事情。

　　白玉山的心情就被这种好天气感染了，他出海刚回到烟台港，顾不上回宿舍，就直奔怡红院了，那里有他相好的女人小白菜。当然，小白菜不是她的真名，在怡红院之类场所工作的人，都不会用自己的真名。不过她告诉过白玉山，她的真名叫曾白。凭这一点，就可以推断这女人对白玉山动了真感情。身为红尘女人，是不会轻易把自己的真名告诉别人的。她们的真名，就是打开她们身世的密码。

　　自然，白玉山也把自己的真名告诉了她，还开玩笑说，你叫白曾好不好？我姓白，你跟我姓算了。曾白认真地点了头。白曾也好，曾白也罢，这个名字只有他们两个人知道。

　　在南方，怡红院应该叫怡红楼，两层木质建筑，有镂空的雕花和飞翘的屋檐。但在北方就不同了，只是一个大四合院，里面盖了二十几间房子，所以不敢称作"楼"。通常怡红院白天是不接客的，只有到了黄昏，怡红院门楼挂起了红灯笼，小白菜才会跟姐妹们盛装出场。但是白玉山等不到晚上了，这次出海一个多月，枯燥的日子有些长了。

怡红院的大门紧闭着，白玉山上前敲门。看门的老妈子认识他，也知道他是来找小白菜的，所以他没费什么口舌就进去了。进门后，白玉山随手将一个小物件塞给了老妈子，说这东西是从菲律宾买回来的。老妈子满脸堆笑，带着白玉山去了小白菜的屋子。白玉山在怡红院的人缘极好，虽然没那些阔气老爷有钱，但很会来事，无论是老鸨还是那些姑娘，都挺喜欢他的。

也奇怪，他对所有的女人都很好，唯独对自己家里的媳妇凶巴巴的。

"姑娘，贼爷来了。"老妈子敲门。这里的人都叫白玉山"贼爷"。

小白菜正在睡觉，听了老妈子的喊叫，急忙应答，说："来了来了，稍等一下。"

然而等了好半天，还不见动静，白玉山就有些耐不住了，亲自上前敲门："嫩白菜，你爷回来了，咋半天不开门？"

屋内又是几声慌张的应答，还是迟迟不开门。白玉山生气地喊："屋里养汉子了？"

门终于开了，小白菜楚楚动人地站在白玉山面前，从头到脚都收拾得干干净净。老妈子一看就明白了，笑着说："哟，姑娘，打扮得像新娘了。"

小白菜羞涩一笑，不等说话，已经被白玉山揽住腰，像夹着一个枕头似的丢到了床上，只几分钟就把小白菜费了半天工夫精心收拾的头饰、旗袍之类，弄得乱糟糟了。而她也极其配合，似乎精心收拾的一切，就是供他肆意打乱的。

……

之后，白玉山打开随身带来的一个包裹，拿出给小白菜的礼物，都是一些女人用的东西。小白菜一件件收藏起来，如获至宝。其实这些东西她得到过不少，并不多么珍贵，脸上的那些惊喜，都是做给白玉山看的，让他获得一些成就感。其实她最喜欢的，还是听他说话，听他讲出海的见闻。她很羡慕白玉山这种自由飞翔的生活状态。白玉山在一艘远洋货轮上当大副，已经去过十几个国家了，每到一个地方，都要把新鲜的事情讲给她听。这个时候，白玉山是要喝酒的，喝着酒讲述自己经历的过程中掺杂了他的想象和创作，就更加新鲜有趣了。

到傍晚时分，白玉山已经醉了，而夜色刚刚展开，他要跟她厮守到天亮才算酣畅淋漓。客人们陆续走进怡红院，安静了一天的小院，被欢笑和吆喝声塞得满满当当的。

突然间，外面一阵嘈杂，几个日本兵和一队伪军包围了院子，老鸨慌慌张张地迎上去，问有什么事情。翻译问："老骚婆，有个叫白玉山的人在这儿吗？"

老鸨摇头说："爷，日本爷，各位爷，没有这人，来来，里面喝茶。"

老鸨没有说谎，她确实不知道白玉山的名字，只知道他的外号叫"乌贼"，平时叫他"贼爷"。其实跟卖笑的姑娘们一样，客人到这儿寻乐，很少用自己的真名。

翻译使劲推开老鸨，冲着一间间屋子喊："谁叫白玉山，出来，皇军有赏！"

白玉山醉醺醺的，听到有人喊自己的名字，慌忙应答："这儿，这儿，爷叫白玉山。"

他磕磕绊绊冲到翻译面前，差点儿把翻译身边的日本军官撞倒了。日本军官把他当成醉鬼，恼怒地扬起巴掌，给了他几个耳光。翻译骂道："滚一边去，不想活了？"

小白菜快速冲过来，拽着白玉山就走。白玉山挣扎着，说："我……我就……"他的嘴被小白菜死死捂住了。

小白菜拖着白玉山进了自己屋子，说："别喊，日本人找你，不像有好事。"但是白玉山喝醉了，根本听不进小白菜的话。小白菜情急之下，想起一个隐秘的地方，可以让白玉山藏身。小白菜的这间房子是后来增盖的，建造房子的时候，院子里有一个废弃的下水道，被工人们盖在屋子里了，为了不影响美观，井盖上面放了一个大衣柜。多年来，很少有人知道屋子里有个废弃的井盖。去年夏天，小白菜住进这间屋子后，深夜总听到大衣柜里面有老鼠闹腾的声音，打开衣柜寻找，却不见洞穴，后来她费力挪开衣柜后，才发现大衣柜下面是一块石板，于是又挪开石板，就看到废弃的下水道里面藏了一窝老鼠。小白菜是个有心计的人，第二天寻了些烈药，杀死一窝老鼠，却并没有声张。她想，危急时候，这个地方可以用来藏身。

石板很重，小白菜咬牙挪开，强行把白玉山塞了进去，又将衣柜挪回原处。白玉山在里面没闹腾几下就累了，很快睡了过去。

这时候，伪军挨个儿屋子搜查，把里面的男女都轰到了院子中，让一个十七八岁的男孩指认。这个男孩是白玉山同一条船上的小伙计，跟白玉山一起出海回来后，正躺在宿舍睡大觉，日军和伪军去寻找白玉山，两个耳光就让他说了实话。他知道白玉山去了怡红院。

小伙计一个个辨认，最后摇头。不用说，他又挨了两个耳光。翻译说："你他妈不是说，白玉山到这儿来了吗？"

小伙计委屈地说："他是说来这儿……"

翻译又问："知道他来找哪个娘儿们？"

小伙计摇头，发现自己又要挨打，忙解释说："我真不知道他相好的是哪一个，他要不在这儿，八成是回老家了。"

"老家在哪儿？"

"栖霞城。"

最后，小伙计还是挨了两个耳光，嘴角都被打出了血。

日军和伪军离去后，老鸨突然想起了白玉山，她发现院子里的一堆男人中，没有他的影子，于是问小白菜："你那位贼爷呢？"

小白菜忙解释说："贼爷刚才因为喝醉了说胡话，被日本人打了几个嘴巴，轰出去了。"老鸨刚要说什么，小白菜把早就准备好的几块大洋塞到老鸨手里，说："妈妈，这是他孝敬您的。"

老鸨看着几块大洋，说："我说嘛，贼爷是懂规矩的，不会就这么蔫不唧地走掉。"

说罢，老鸨看着空荡荡的院子，叹了一口气。由于日军的折腾，怡红院的客人都跑光了，这么寂静的晚上，老鸨有些不适应。

小白菜倒是很高兴，她可以安心地陪着白玉山度过一个没有嘈杂的夜晚了。回到屋子后，她闩上了房门，把死狗一样的白玉山拖上来，给他清洗了一身的脏物，然后静静地坐在他身边，想自己的心事。

小白菜是本地人，父亲做小买卖，原来家境还算不错。三年前，父亲被朋友坑骗了，欠下一大笔钱，带着悔恨上吊自尽了。母亲经受不住打击，病倒了。尽管母女俩把房子抵押了出去，依旧不能还清欠债，债主三天两头上门闹事。无奈，经人介绍，小白菜把自己卖给了怡红院，总算还清了欠债。然而她进怡红院不到两个月，母亲就病死了。处理完母亲的丧事，回到怡红院的第一个晚上，她恰好遇到了白玉山。那天晚上她不想接客，有一个念头紧紧缠绕在她脑海里，就是在这个晚上，她要给自己短暂的人生画上句号。这样决定后，她就开始准备了。晚上十点多钟，老鸨来敲门了，说："来了一个新客，一定要找姑娘，可今晚客人特别多，姑娘们忙不过来了。我知道你心情不好，可又不想得罪了新客，你看，能不能出来应付一下？"老鸨试探地问。

小白菜点点头。她刚来怡红院的时候，很不适应，老鸨一点儿没难为她。再说了，她这一死，老鸨给自己的卖身钱就打水漂了，她觉得对不起老鸨。于是她决定听从老鸨的安排，就算是自己对"妈妈"的报答吧。

白玉山就这样走进了小白菜的生活中。最初小白菜没怎么在意白玉山，对他的第一印象，就是一个瘦弱的男人，看上去不像做粗活的。她告诉白玉山，今天身子不舒服，只能陪他坐一会儿。她原以为白玉山会很不高兴，没想到他却点点头，说："我也就是想找个人说会儿话。"但是小白菜也没心情聊天，她坐在那里一声不吭，脸上满是忧伤。

白玉山进来的时候，老鸨已经跟他打了招呼，说："小白菜母亲刚去世，心情不是很好，有照顾不周的地方，请贼爷多体谅。这姑娘命苦，正需要有好爷们体贴，爷您要是个耐性子的人，就进去，要是嫌烦，那就没法子了，我家里只剩下这个姑娘了。"

白玉山出海回来后，也就是想找个地方打发无聊的夜晚。听了老鸨的介绍，他对这女子反倒有了同情心。说到底，白玉山是个善良人。

白玉山进屋见到小白菜后，略有些吃惊，这姑娘不仅长得大方，而且面容纯净，不像那些姑娘打扮得妖里妖气的。因为有孝在身，她穿着素洁，脸上挂着悲伤，这些又恰好衬托出她的柔弱和妩媚，让人生出怜香惜玉的情感。她眼下的这种神态，一生中也不见得能有几次，而能够看到她这种神态的人，就更少了。这机会让白玉山赶上了。

于是，白玉山很体贴地给她倒了杯水，并不问她的身世，也不去触碰她，只是远远地坐着，给她讲一些故事，都是他出海的见闻。这些故事，她听着新鲜，渐渐从一种悲伤的情绪中走出来，变成一个好奇的听众，甚至有几次打断白玉山的讲述，提出她的疑问。不知不觉两个时辰过去了，白玉山起身告辞，在桌子上额外放了一些钱。她摇头拒绝，说自己没侍奉好贼爷，无功不受禄。白玉山说："留下吧，我知道你正需要钱。"

这时候，她认真地打量着白玉山，很内疚地说："这位爷，你下次来找我吧，我好好侍奉你。"

白玉山笑了，说："好的，你说话要算数，我下次来找你，你可要给我个笑脸。"

她当时只是因为感激白玉山，随口说出"这位爷，你下次来找我吧，我好好侍奉你"，但白玉山走后，她犯了难，本来今夜要给人生画上句号的，不承想又许了诺言。她就想，不管这位爷是否当真了，反正自己是要守信的，等侍奉了这位贼爷，再跟这世界告别也不迟。

所有跟这世界告别的准备都做好了，她只等这位贼爷的到来。可是等了几天不见人影，又等了几天还是没结果，她就觉得或许那个人只是一句玩笑，自己没有必要等下去了。她对这个世界实在没有留恋了，多等一天都是煎熬。就在她下了决心的当天晚上，白玉山却来了，他又出海一个月，刚刚靠岸。她只能陪他了，当作谢幕前的表演。她动了真情，尽可能地让他得到满足。她就像一朵完全开放的桃花，无比灿烂。他得到了从来没有的快乐，觉得自己不可能离开她了。

"你跟我走吧，我把你接出去。"他说。

她摇头，说："不用了。我欠别人的钱，不知道什么时候能还清，恐怕这辈子都还不清了。"

"欠多少钱？我下次带钱来。"

"没有下次了，你不要再来找我，咱俩谁也不欠谁的了。"

"那不行，我一定要来找你。"

"你来也见不到我了。"

他不解地看着她，瞪大眼睛说："你啥意思？你这么说话，会让人担心的。"

她笑了，说："这世上，没人会为我担心了。"

他认真地抓住她的双肩，看着她的眼睛说："有，我，我为你担心。"

"你？咱俩萍水相逢，你凭什么为我担心？"

"我心疼你。"

"你凭什么心疼我？"

"因为我看上你了。"

"你凭什么看上我？"

"你对我用了真心，让我觉得很快活！"

"我让你快活了是真的，可你看上我了，我不信，你们男人的话，不能当真。实话告诉你，本来上次我就该去见阎王爷，可因为欠了你的人情，才等到今天，我现在还你了，就无牵无挂了。"

他愣了一下，似乎明白了什么，心里说，那好吧，我就让你继续牵挂着。

白玉山从小白菜屋子出来后，就去找到老鸨，送给老鸨一块玉石，算是见面礼了。然后，他掏出一把钥匙交给老鸨，说这把钥匙对他很重要，自己一直想找个可靠的人保管着，现在觉得小白菜是个实诚人，请老鸨把钥匙转交给小白菜。"这是我给她的酬劳，你也转交给她。"白玉山把十块大洋塞到老鸨手里。

老鸨自然很高兴，虽然这些钱是给小白菜的，但小白菜转手就要交给她。小白菜是十年八年也还不清卖身钱的。

"告诉她，这把钥匙跟我的命一样重要，我要是两个月不来，就一定是死了，会有人来找她取走这把钥匙。"白玉山说。

老鸹答应了，但有一点不明白，问："你刚认识这姑娘，怎么就知道她可信？"

白玉山说："很简单，她父亲就是被不讲信誉的人欺骗了，她肯定最恨那些不讲信誉的人。"

老鸹点点头说："你这人脑袋瓜子真聪明，一定是个干大事的人。"

当小白菜从老鸹手里接过银圆和钥匙时，就明白这些钱是贼爷故意留给她的。只是这把钥匙，她猜不透有什么重要的，但既然贼爷说跟他的生命一样重要，就一定不是普通的钥匙。她小心地藏好了。

两个月的时间不算长，但这两个月，她度日如年，始终在一种期待和忐忑不安中煎熬着。到后来，她把自己的事情忘了，所有的心思都转移到他的身上。她满心希望两个月后，他能出现在她面前。然而两月过去了，他杳无音信，她明白这个人再也不会回来了。她的心碎了，在屋子里默默给他烧了几张纸钱，多日忐忑不安的期待换来的是一场伤心的哭泣。

等待还要继续，现在她要等待的是个来取钥匙的人。

又过了一个多月。一天晚上，怡红院来了一位长胡子的老人，戴着一顶黑色毡帽，找小白菜取一把钥匙。小白菜把钥匙交给老头儿，忍不住哭了，问老头儿是贼爷的什么人，老头儿说他是贼爷的鬼魂。

她有些惊恐地看着老头儿，似乎想喊叫。就在这时候，他揪掉胡子，摘掉毡帽，露出了本来面目。她"啊"了一声，说你还活着？说完就情不自禁地扑到他怀里，呜呜哭了。

"你……你让我担心死了！"她哭着说。

"我就是要让你替我担心，这样你才会活下来。其实这段日子，我回来过几次，可我一直忍着不来看你。"

"你怎么知道我会等你？"

他把对老鸨的话，又说了一遍："很简单，你父亲就是被不讲信誉的人欺骗了，你肯定最恨那些不讲信誉的人。"

"可我没答应你什么，是你自己留下了钥匙。"

"是的，我知道你是个善良的人，不会狠心不管我的。"

"你更是一个善良的人。"说完这句话，她知道自己不可能离开这世界了，因为她离不开他。

小白菜回想着过去的一件件事情，不知不觉又泪流满面了。她转脸看了一眼在身边死睡的白玉山，轻轻叹了口气。冥冥之中，这个人让她命不该绝。这时候，白玉山叫了一声，他渴了。她急忙给她倒了一杯水，服侍他喝下去。

白玉山睁开眼睛，之前的事情，他全忘记了。小白菜把日本人和伪军来找他的经过，跟他详细说了，他惊讶地张大嘴："日本人找我干啥？他祖宗的，不会有什么好事。"

小白菜说："哥哥，我也琢磨，不是好事，你赶紧找个地方躲起来吧。"

趁着夜色，她把白玉山送出怡红院，千叮万嘱了一番，让他躲过了这个风头，一定回来找她。

她说："哥哥，我会一直等着你的。"

二

　　日军在烟台没有找到白玉山，驻守烟台的日军总指挥大岛大佐给驻守栖霞县城的日军少佐中队长康川打了电话，命令康川在栖霞城寻找白玉山。原来日军在大连有一个机械制造厂，到处招募人才，得知白玉山的才能，就想把他搞到手，让他为皇军效力。

　　康川少佐立即把伪军队长张贵找来，很容易就打听到了白玉山的家庭住址。白玉山在栖霞城很出名，不仅因为他精通机械，更主要是吃喝嫖给他带来的坏名声。张贵并不认识白玉山，但跟他的父亲白恒业打过交道，于是就带领康川少佐登门拜访了白恒业，说皇军对他的儿子白玉山非常器重。

　　"白老板，你走狗屎运了。"张贵笑着说。

　　张贵原为胶东的土匪头子，是一个非常狡猾的家伙，始终踩着"跷跷板"投机生存，善于利用八路军和日军之间的矛盾关系，获取自己的最大利益。他生性凶残，杀人放火不择手段，他也好色，凡有姿色的女子，皆掠为己有。日军占领栖霞后，他就投靠了日军，其真实目的，是为了获取武器弹药和军饷。身为商人的白恒业，自然得罪不起张贵，经常要给张贵一些银两和布匹，以求日子平安无事。

白恒业的妻子只生了一个儿子就病死了，所以他对儿子非常溺爱，许多事情都顺着他。白玉山不想守着布店，初中毕业后要到外面学手艺，白恒业就满足儿子的要求，送他去烟台学习修理汽车。这在当时，算是顶尖的手艺了。那时的手艺人都有一个规矩，就是前三年不会传授给徒弟真经，一般都是让学徒工跟在身后打杂。白玉山的脑子里，天生就有一堆机械细胞，许多窍门看一眼就明白了，平时跟在师傅身边打杂，偷学了不少手艺。

有一天，一个客户上门修车，恰巧师傅不在，白玉山就上手了，说自己试试看。最初客户有些不放心，说你别乱动，等你师傅回来再说。可没想到，白玉山打开车盖，两袋烟的工夫就修好了。这时候，师傅从外面回来了，仔细看了白玉山修车的部位，心里"咯噔"了一下。臭小子，竟能把这毛病修理好了，什么时候偷学艺了？师傅觉得这徒弟不能留了，再留下去，恐怕自己的饭碗就被他抢去了。

师傅冷冷地对白玉山说了一句话："大路通天，各走一边。"

白玉山修车的生涯就这样结束了。

他离开汽车修理行，去了一家机械制造厂，学徒一年多，又被师傅赶走了，原因还是他太聪明，很多复杂的机械一学就会，吓得师傅不敢留他在身边了。再后来，白玉山去了烟台船舶公司，两年后就在一艘船上混成了大副，专门负责机械维修。据说，他只要听听机器的声音，就知道故障出在什么地方。

白玉山当上大副那年，才二十岁，小小年纪就有了非常可观的收人，再加上他长得俊俏，很讨女孩子喜欢。他从小就不是一个知道节俭的人，现在自己有了钱，更是大手大脚地挥霍，很快就学会了吃、喝、嫖。但他还是有分寸的，不管什么人诱惑他，抽和赌从来不沾边。有人问他为什么不抽不赌，他甩一下"七分开"的时髦头型，说："那是自己找死呀！"

父亲白恒业为了拴住儿子的心，在白玉山二十一岁那年，给他娶了一个媳妇。这女子是当地一个小财主家的小姐，名叫吴若英，长得俊俏，过门后本应跟从了白家，称呼她白太太，可不知为什么大家都称呼她吴太太，而且一直这么叫下去，也没有人提出异议。吴太太过门第二年，就给白恒业生了一个孙子，现在孩子已经五岁了，取名白银。

白玉山却不喜欢这个漂亮媳妇，他喜欢的是王土墩的女儿王木秀。王木秀上初中的时候，跟白玉山一个学校，又是邻居，两个人接触多了，白玉山就喜欢上了王木秀。白玉山觉得，如果不是父亲坚决反对，如果不是这个媳妇来到他家，或许他等两年就能跟王木秀成亲了。于是，白玉山把怨气都撒在父亲和媳妇身上，平时对父亲和媳妇都是一脸冰霜。其实白玉山想错了，就算父亲白恒业答应了，王木秀的父亲王土墩也不会答应。

漂亮媳妇没有拴住白玉山的心，他依旧跟过去一样悠闲地活着，尤其是认识了怡红院的小白菜后，经常一两个月不回家。媳妇心里有怨言，可不敢多说，说多了就会招致他的打骂。

尽管白玉山不是好东西，不过让儿子为日本人做事，去当汉奸，白恒业是万万不能答应的。汉奸不能当，日本人和伪军又得罪不起，圆滑的白恒业只能玩"太极"，说自己这个儿子不务正业，怕他去了给皇军惹是生非。

"他从烟台回来，我好好劝他，要是真能为皇军效力，我脸上也有光了。"他满脸微笑地对康川和张贵说。

日本人去了白恒业的布店，邀请他儿子为日本人做事，这消息很快传遍了栖霞城。据说，日本人出价很高，月薪三十块大洋。作为邻居的王土墩，原本就不喜欢白恒业，现在又亲眼看到白恒业点头哈腰地陪送日本人，跟别人议论此事的时候，就骂了白恒业的八辈祖宗，说白恒业跟张贵穿一条裤子，早就想巴结日本人了，恨不得认日本人做干爹。

王土墩跟白恒业都在栖霞县城商业街做生意，他开了一个木匠铺，对面就是白恒业的布匹店。白恒业算是商人了，也上了几年学，能说会道的；而王土墩是个木匠，粗人一个，笨嘴笨舌的，所以白恒业有些看不起开木匠铺的王土墩。当然，王土墩脾气更倔，也看不惯白恒业牛哄哄的样子，于是两个人经常因为一些小事，死去活来地较劲。

"我敢打赌，他那不是东西的儿子，肯定屁颠屁颠地去钻日本人的裤裆。"王土墩说着，朝地上吐了一口唾沫，还在唾沫上使劲踩了一脚。

有人说："也不见得吧，这可是公开当汉奸……"

王土墩信誓旦旦地说："不信，你们等着看，他儿子要是不去，我拿根绳子上吊！"

这话很快传到了白恒业耳朵里，而且口口相传到他耳朵里的时候，经过几拨人的合理想象和添油加醋，语言更丰富夸张，杀伤力更大了，甚至把白恒业的儿媳妇也牵扯进去了，说白恒业恨不得把儿媳妇也送给日本人享用之类。

白恒业听了，气得捶胸顿足，当即赶制了一身寿衣，还随手带了一根绳子，亲自送到了木匠铺，告诉王土墩说："你现在就吊死吧，我儿子不会去当汉奸的！"

说完，白恒业把寿衣丢在王土墩脚下。王土墩一看寿衣就明白了，你白恒业来下战书了。王土墩就说："去不去，你说了不算，等你儿子回来后再说。"

两个人口角的时候，木匠铺门口已经有许多邻居围观了。白恒业当着邻居的面，拍着胸脯说："我儿子再不是东西，也不会去当汉奸，他要是真去了，我就一头撞死在大街上！"

白恒业说完，转身离开了木匠铺。他刚回家，木匠铺的两个小伙计就跟了过去，用皮尺丈量白恒业家的院门。白恒业最初不明白，说："你们丈量我家的大门干什么？滚远点儿！"小伙计似乎没听见白恒业的叫喊，依旧坚持把大门丈量完了。

小伙计是王土墩派去的，王土墩想，你白恒业能给我送寿衣，我就能给你送棺材，你家有多少布匹，我家就有多少木材。他让小伙计丈量了白恒业院门的尺寸后，赶制了一口棺材，直接抬进了白恒业的院子里，说这口棺材是为白恒业准备的。

两家闹到这种地步，焦点就集中在白玉山身上了。看热闹的不怕事大，一些人开始期盼白玉山早点回来。更有不讲究的人，路过白家布店时，还要兴味盎然地去问白恒业："你家白玉山回来没有？"

对于这件事，有两个人一直保持清醒的头脑，一个是白玉山的媳妇吴太太，一个是王土墩的女儿王木秀。

吴太太提醒公爹说，跟王家这么赌下去，反而把自己推到了绝境。现在的问题是，白玉山不当汉奸，日本人要找咱家的麻烦；当了汉奸，白恒业就要撞死在大街上。自然，白玉山不能去当汉奸，但这事也不能声张，让日本人知道了，肯定会惹火烧身。白恒业觉得儿媳妇的话有道理，一时有些进退两难了。

王土墩把一口棺材抬到了白家院子，王木秀知道后，跟王土墩闹翻了脸，弄得王土墩心烦意乱。王土墩跟别的男人不一样，他不喜欢儿子王木林，尤其王木林从小猴了吧唧的，总在外面惹是生非。王土墩本想让他学好木匠手艺，以后接管木匠铺，可他总不用心学习，学了两年木匠，连一个五斗橱都不会做。他喜欢武术，经常跑到县城的一家武馆去偷艺。再后来，王木林偷偷参加了县大队，却跟家里人说自己在外面做生意，一年到头不回家。王土墩私下跟老婆说："这小杂种，别指望他有大出息，以后咱俩只能靠木秀了。"

王土墩喜欢女儿是出了名的，从小就娇惯王木秀，只要她撒娇哭闹，王土墩的心就软了，什么事情都依顺她。不过有一件事他坚决反对，就是不准女儿跟白玉山有来往。现在，已经二十四岁的王木秀还没有嫁人，有媒人上门提亲，她一概拒绝，如此一来，王土墩就更恨白玉山了，认为是白玉山祸害了女儿。其实王土墩并不知道，在他眼中只知道撒娇、只知道傻乎乎说笑的女儿，早已加入了地下党，成为中共栖霞县委地下党的联络员。

他的一儿一女，都是共产党的人了。

王木秀逼着父亲去把棺材抬回来，给白家道歉。王木秀说："我了解白玉山，他不会去当汉奸的，到时候你能真上吊吗？"

王土墩说："他要不当汉奸，我就去上吊！"

嘴上这么说，其实王土墩心里也直打鼓，觉得事情有些麻烦了，后悔不该随意说话。但到了这种地步，让他去白家抬回棺材，就等于打了自己嘴巴。王土墩不去给白恒业道歉，王木秀就不吃饭，弄得王土墩焦急上火的，生了一嘴燎泡。

白恒业和王土墩都很煎熬，他们心里都害怕白玉山回来，只要白玉山不回家，这件事就一直没有结果，他们俩谁也不会尴尬了。

"日本人怎么看上他了？"白恒业想不通。

王土墩也想不通。

其实这时候，还有一个人看上白玉山了，他就是八路军胶东第一兵工厂的厂长周海阔。

三

　　胶东第一兵工厂，是为了抗击入侵胶东的三千多名日军，于1938年组建的。兵工厂诞生那天，就成为日军重点"围剿"的目标，接连遭到敌人的几次"围剿"，伤亡惨重，被迫从黄县的圈杨家，转移到蓬莱，再到平度，再到莱阳……几番折腾，最初的设备几乎丢光了，工人有牺牲的，有走散的，四五百人的队伍，只剩下不足百人。年初，根据胶东抗日联军五支队首长的命令，周海阔和政委陈景明带领兵工厂转移到了栖霞县牙山的高家沟村。这里沟深林密，山路崎岖，是兵工厂理想的藏身之地。

　　然而，兵工厂在栖霞落脚没几天，烟台日军总指挥大岛大佐就得到了消息，命令驻守栖霞的日军中队长康川少佐，必须彻底摧毁八路军兵工厂。起初，康川对"围剿"八路军兵工厂并不感兴趣，甚至觉得花费那么多时间，漫山遍野地去"围剿"一群乌合之众，有损帝国军人的尊严。他要寻找八路军的正规部队，打出帝国军人的威风。大岛训斥他愚蠢，说兵工厂就是八路军的咽喉，卡死了兵工厂，八路军

19

就失去了战斗力。

康川向大岛立了军令状，消灭不了八路军的兵工厂，愿受军法处置。

栖霞的日伪军实行了拉网式搜索，兵工厂在日伪军的"围剿"中，开始了艰难的重建。胶东淳朴的乡亲，倾其所有，帮助兵工厂建起了车间，还跟私营企业借用了一些急需的设备，使兵工厂恢复了生产，为胶东八路军部队修理枪支，复装子弹，制造手榴弹和地雷，仿制汉阳造 7.9 毫米步枪，都是些技术含量很低的生产项目。在如此简陋的条件下，能做到这些已经很不容易了。武器落后，八路军跟日军作战明显处于劣势，上级首长希望兵工厂能生产出杀伤力很大的武器。周海阔凭着一腔热血，带领工人加班加点研制掷弹筒和掷弹，这东西如果研制成功，就能提高前线部队的作战能力。然而，他们几次研制新武器都失败了。周海阔心里清楚，仅凭眼下这班人马，很难搞出点新名堂，必须尽快找到高水平的技术人员。

"三军易得，一将难求呀……"周海阔心里禁不住感叹。

周海阔文化水平不高，却求贤若渴。

这天，栖霞县大队的大队长刘好来跟周海阔要子弹。刘好有些可怜巴巴地说："给我两千发，实在没有，一千发也好呀。"

看着刘好热切期盼的目光，周海阔心里很不是滋味。县大队才成立几个月，是栖霞县重要的抗日力量，他们骁勇善战，已经打了几次漂亮的伏击战。大队长刘好在当地老百姓的传说中，是一个无所不能的家伙，能上天摘星星，下海捉王八。

县大队的主要任务，是配合八路军胶东抗日五支队消灭日伪军，破坏周边日军的交通和通信设施，骚扰鬼子的炮楼据点。还有一项任务，就是保护在栖霞境内的胶东第一兵工厂。可以说，县大队是兵工厂的保护伞，就算从个人感情上，也应该给刘好一些子弹。可兵工厂真的没有多余的子弹给县大队了，刚生产的一批子弹全部送给了五支队。就这样，五支队首长还说："怎么就这些子弹？要你们兵工厂干什么吃的？我不听你这个那个的困难，我要的就是子弹，就是武器！"

周海阔站在一块岩石上，仰望天空。大队长刘好依旧跟在他身后缠磨着，极不情愿空手而归。

脚下的山坡上，盛开着各种不知名的野花，在白云的映衬下，显得更加娇艳。景致很好，可惜周海阔缺少一份好心情。他紧锁着眉头，目光扫过之处，不做任何停留。刚升起来的太阳，还不算热烈，阳光打在他的左脸上，勾勒出了他消瘦的面部轮廓。

眼下，胶东抗日军民进入艰难岁月，日军对胶东抗日根据地进行了残酷的"围剿"，八路军部队的粮食、子弹和武器严重短缺。没有粮食，胶东的父老乡亲可以勒紧腰带，把省下的一点儿粮食送给八路军，可是没有子弹和武器，怎么跟日军打仗？八路军胶东抗日五支队、各县大队、游击队……每一支抗日队伍都眼巴巴看着兵工厂，期盼多给他们一些武器弹药。这些抗日队伍如果有了武器，就如虎添翼，能够更好地消灭敌人，减少牺牲。

周海阔作为胶东第一兵工厂的厂长，深感责任重大。

山下，一位姑娘的身影越来越近。周海阔看出来了，是炊事员李大叔的女儿槐花。在大山的映衬下，这姑娘越发好看。槐花的美，平实质朴，不绚烂不张扬，就像山谷中静静开放的一朵花，很容易被人忽视。但如果你停下脚步，细细打量的话，你才会发现这花是那么惹人怜爱。

周海阔迎着槐花，朝山坡下走去。

槐花走到周海阔面前，看了刘好一眼，说："刘队长来了。"说完，她掏出一块煮地瓜，递给周海阔，又说："周厂长，我爹让我送给你的。你昨儿一天没吃饭。"

周海阔犹豫了一下，接过地瓜，随即装进兜里。他了解槐花的性格，你要是不接过去，她就站在你面前，让你的双腿不能挪动半步。

然而，槐花还是不放过他，眼睛盯着他说："别装兜里。我爹说了，让我看着你吃。"

刘好忍不住笑着说："槐花，你爹还说什么啦？你爹没说给我一块地瓜？我都两天没吃一口饭了。"

槐花噘嘴："去，起什么哄！"

周海阔也笑了，很真诚地说："我一会儿就吃。你去通知各组长，马上过来开会，正好刘队长在这儿。"

周海阔决定召开一次骨干会议，研究兵工厂下一步怎么办。兵工厂共分为九个组，有红炉组、装配组、火药组、翻砂组、木工组、车床组、子弹组、地雷组和手榴弹组，车间就设在山脚下，是一排茅草搭建的房子。为防敌人突袭，工作人员没有住在高家沟村子里，而是藏在半山腰的山洞内。

槐花站着不动。周海阔明白槐花的意思，于是说自己当着槐花的面，不好意思吃，等槐花一走，他马上把地瓜吃掉。

"你是大姑娘还是小媳妇呀？你不吃我就不走。"槐花赌气说。

刘好也劝说周海阔："你就吃了吧，要不她能站到天黑。"

周海阔很无奈，尽管心情不好，但又不能在群众面前露出烦躁的情绪，于是他乖乖掏出地瓜，三两口吃完。由于吃得过猛，一下子噎住了，使劲抻脖子，样子很难看。

槐花忍不住笑了，转身朝山下走去。

周海阔好容易咽下地瓜，转身看到政委陈景明站在身后，很严肃地瞅着他。陈景明思想觉悟和理论水平都很高，说话一套一套的，有时候很让周海阔羡慕，可有时候，周海阔又觉得他太唠叨了，还有他脸上的表情，总像阴呼啦的天气，让人憋闷。

"别这么看我，晚上我会做噩梦的。我让槐花通知各组长来开会。"

陈景明说："槐花都快成你的警卫员了。我早就说，应该给你配一名警卫员。"

周海阔摇头说："我要警卫员干啥？现在车间人手不够，我恨不得自己去当翻砂工。"

陈景明立即提醒周海阔，生产当然重要，但思想工作也很重要，兵工厂转移到栖霞后，一些人的思想波动很大，尤其是那个王木林，竟然公开说要离开兵工厂，到战斗部队去……陈景明按照自己的观察，分析琢磨那些"思想波动"的人。周海阔有些烦，不喜欢听陈景明唠叨，好在山下的几个组长已经陆续上山了，他就打断陈景明的话，说："政委呀，咱们准备开会吧。"

在山洞外的草坪上，周海阔简单说明了开会的目的，其实他不说，大家也心知肚明，眼下最要紧的就是寻找专业人才。懂技术的人才，八路军这边实在太少了，周海阔大胆提出自己的设想，要去挖潍坊国军兵工厂的墙脚。

挖国军的墙脚不是件容易事，周海阔把这项任务交给了大队长刘好："你神通广大，给我弄一个懂技术的宝贝疙瘩来。"向来痛快的刘好，这次却不敢拍胸脯。如果让他去抓个俘虏来，好办，可要弄来一个国军兵工厂的专家，还真是个麻烦事。

"你让我想想办法，潍坊祸害党那里，我没朋友，再说祸害党现在跟我们明里一套暗里一套，都是些吃里爬外的王八蛋，里面有朋友也不好办。"刘好说。

坐在一边的陈景明立即提醒刘好，说话要注意政策："什么祸害党，是友军。"他用一块石头，使劲敲敲地面。

刘好龇了龇牙说："什么狗屁友军，前几天还抢占我们八路军的地盘，打死了我们好几个同志。"

周海阔摆手，不让刘好再说下去，言归正传，一再追问刘好，到底需要多久能搞来一个"宝贝"，十天还是一个月？兵工厂等不起，必须尽快研制出"八二"迫击炮。刘好急得直挠头皮，就是说不出个日子来。

这时候，坐在后面的王木林站起来说话了。他原来是刘好手下的队员，前不久在伏击小鬼子的时候，因为恋战挨了批评，此时恰巧兵工厂转移到栖霞，在当地部队中招募人才，他当年跟着父亲学了几年木匠，被组织"强行"安排到了兵工厂的木工组，也算是对他的惩罚。刘好说了，如果他能认识错误，改造好了，还可以再回到县大队，不过什么时候回去，要听组织的。王木林明白，所谓组织，就是县大队的党小组，说白了，就是要听刘好的。县大队的人，没有谁敢挑战刘好的权威，只有王木林头上长角，经常顶撞刘好。王木林觉得，一山容不得二虎，刘好把他送到兵工厂，表面上是支持兵工厂，其实是故意整治他。"你以后就是请我回县大队，我都不伺候你了，大爷我去五支队，去当正规军！"王木林当时给刘好撂下这句话，虽然服从命令来到兵工厂，但他一直想参加八路军，已经跟周海阔请求几次了。周海阔的回答是："等我们兵工厂发展壮大了，我推荐你去胶东八路军的老虎连。"

老虎连以打仗勇敢而闻名胶东，被老百姓说成神兵天将，王木林也只是听了他们的很多故事，从来没看到老虎连的人长啥样子。自从有了周海阔的许诺，王木林开始做美梦了。后来他甚至把自己当成老虎连的人，说自己只是暂时待在兵工厂。

刚才，大家议论寻找懂机械和冶炼的人时，王木林脑子里蹦出一个人来，就是他的邻居白玉山。他把白玉山学徒的故事讲给大家听，也把他吃喝嫖的事情抖搂出来了。"要是把这个人弄来，咱们的研究肯定能成功。不过，这个人太不是东西了，就这么一个浑蛋，能参加革命队伍吗？就算他愿意来，你们敢要他吗？他要是在革命队伍里吃喝嫖咋办？"他说着，一脸的无奈。

不等周海阔表态，政委陈景明当即挥了一下手，说："这样的人，咱们兵工厂不能要！"

周海阔沉思了一会儿，用商量的口气对陈景明说："政委，我看，这样的人才难得，一定要想办法把他请来。他的毛病嘛……来了慢慢改，思想教育是你的强项，我相信你可以改造他。"

陈景明说："这样的人，本性难改，咱们还是少惹麻烦。"

听陈景明的口气，这人是不能要了。陈景明的眼睛，就像放大镜，再完美的碧玉，他也能挑出瑕疵。周海阔不想再跟陈景明争论了，用坚决的口气说："这个人，一定要搞到手！刘队长，尽快让城里的地下联络员跟我们取得联系！"

县大队长刘好摇摇头，叹一口气："这些日子，康川像条疯狗一样在城里大搜捕，地下交通站被小鬼子破坏了，党组织一时没有找到合适的人选。你别着急，只要有了着落，我尽快让联络员跟你们取得联系。"

周海阔有些焦急地说："没有联络员，我们就像聋子，进城很麻烦。"

刘好立即请缨，说："我明白周厂长的意思了，这个任务交给我们县大队吧，我想办法进城把白玉山搞到手。"

周海阔摇摇头。日伪军对于出入城门的人，盘查得很严格，县大队的人最好别去捅马蜂窝。考虑到王木林熟悉那边的情况，周海阔对王木林说："王木林，这个任务就交给你了，你跟白玉山是邻居，不管想什么办法，一定把他请来！"

陈景明气呼呼地站起来说："老周，你想过后果没有？"他看了一眼坐在对面的医生邓月梅，用不容反驳的语气说："我坚决不同意！"

邓月梅来自潍坊，出身于书香门第，长得文静甜美，一看就是大家闺秀。陈景明心里对邓月梅有些意思，也暗自试探着表明心迹，可邓月梅一点儿反应都没有。陈景明是政委，不能死皮赖脸去追邓月梅，只能把事情存在心里。在陈景明看来，要是让白玉山这样的人跟邓月梅在一起，就等于是一匹狼守着一只小羊羔，就等于是在桃树下面拴头牛，不出事才怪呢。

周海阔的目光，也落在了邓月梅身上，说："邓医生，你跟王木林一起化装进城，配合他的行动。"他担心容易冲动的王木林做事不踏实。邓月梅虽然是个女同志，但她非常心细，而且曾经做过地下工作。这一点很重要。

陈景明真急了，提高声音说："老周，你这是干什么！你再好好想一想……"

周海阔似乎什么也没听到，现在他脑子里只有一个念头，就是尽快见到白玉山。他把邓月梅拉到一边，叮嘱她细心一点儿，不管遇到什么事情，一定要让王木林保持冷静。"你们现在就去准备一下，立即出发，我等你们的好消息，越快越好。"他说完，又对刘好说："你那边，也费费脑子，你要帮了我这个大忙，我给你一千发子弹，外加一门迫击炮，当然要等研制出来再给你。"

刘好瞪大了眼睛说："真的？说话算数，我就是把脑子累爆了，也要干成这件事。不过，你们猴年马月能研制出迫击炮？"

"不信任我们是吧？"周海阔自信地看了一眼刘好说，"你等着看吧，我制造不出来，就不姓周了，跟你姓刘！"

在场的人都笑了，知道开会结束了，纷纷站起来朝山下走去。

四

当天中午，化装成夫妻的王木林和邓月梅，牵着一头毛驴朝县城出发了。

王木林和邓月梅以夫妻的身份，突然出现在栖霞商铺街上，给本来就热闹的商铺街，又添加了新的热点。

回到家里，王木林从妹妹王木秀嘴里得知父亲跟白恒业之间的摩擦，心里非常焦急。本来他说服白玉山去兵工厂的难度就很大，现在又闹出这么一场纠纷，两家水火不容了。

邓月梅仔细分析了眼下的僵局，觉得王家必须赶在白玉山回来之前，去把棺材抬回来。既然王土墩不肯弯腰，那就只能让王木林代劳了。

"父债子还，你就去吧。"邓月梅微笑着说。

王木林买了一些点心拎上，让邓月梅陪着，故意招摇过市，让邻居们都知道，他带着没过门儿的媳妇去拜访白恒业了。

白恒业看到王木林提着礼品进了院子，当时愣了一下，王家儿子演的哪一出？

"白叔叔好，木林来看你了。"王木林拱手对白恒业施礼，满面笑容。他戴着一顶礼帽，穿着一件灰色大褂，看上去倒像是跑江湖的生意人。

白恒业冷着脸，斜了王木林一眼："我什么话都不想听你说，你赶紧走！"白恒业挥着手，像是轰赶苍蝇。

王木林笑了："我还没说话，你就不想听了？总要让我说完，是吧？我知道你正恨着我爹，说句公道话，我爹就是亏理，玉山哥怎么可能当汉奸？"王木林说着就要进屋，被白恒业一把拦住了。

"哎，谁让你进屋了？"白恒业瞪了王木林一眼。

这时候，屋里走出了白玉山的媳妇吴太太，对站在一边的邓月梅款款施礼，说："你好，快进屋说话。"

转头，她又对白恒业说："爹，你看……有贵客在呢，别慢待了，让邻居笑话我们家不懂规矩。"

邓月梅仔细地打量着吴太太，觉得她是个贤惠女人，如果白玉山真像王木林说的那样，整天就知道吃喝嫖，这女人就太让人同情了。

白恒业憋了一肚子气，但儿媳妇这么说了，他也就不能再像门神一样把持着大门。况且，他也想试探一下王木林的来意，希望能打破跟王家的僵局。于是，他气哼哼地侧了一下身子，让王木林和邓月梅进屋了。

进了屋，王木林表明了来意，说："听说父亲做的事了，今天专门来替父亲道歉，马上把棺材抬走。大叔，你就别生气了，过些日子我结婚，还要请你去喝喜酒，这么闹腾下去，大家都没面子。"王木林说得很诚恳，还不时看一眼邓月梅。

一直没说话的邓月梅，此时微微抬头，红着脸说："是呀，白叔叔，我们这些做晚辈的，其实都希望你们老邻居和和气气的，我们脸上才有面子。"

吴太太急忙点头赞成，说："谁说不是呀？其实也没什么大事，只是说话过了头儿，大家都忍耐一下，就没事了。"

到了这个时候，白恒业不能沉默了，于是气哼哼地说："你道歉算什么？驴踢了人，让马去顶罪。"

王木林被白恒业的话逗笑了，说："我爹也想来你家，可他死要面子，你是知道的。等我结婚的时候，让我爹亲自给你送请帖，好不好？"

吴太太已经在一边跟邓月梅拉起了家常，问她的家世和婚期，两个人不知因为什么事情，忍不住嘻嘻笑了，好像一对早已认识的姐妹，弄得白恒业不知如何是好。王木林趁机跟白恒业告辞，说等到白玉山回来，他再来登门拜访。"有好几年没见玉山大哥了，还挺想他的。"

王木林招呼木匠铺两个伙计，把停在白家院子的那口棺材抬回去了。看着抬走的棺材，白恒业长出了一口气，好像搬掉了压在心口的一块石头。

王土墩确实是个死要面子的人，他装腔作势地把王木林臭骂一顿，声音吼得很大，故意让邻居们都听到，给自己一个台阶下。骂完了，似乎这件事情就跟他不相干了。

就这样，剑拔弩张的一件事情，竟然被王木林轻松化解了。

　　显然，这不是王木林的性格。在邻居们眼里，这小子不是一盏省油的灯，怎么变得细腻起来了？看样子这两年在外面做生意，真是受了不少磨炼。白恒业心里也纳闷，那个曾经上房揭瓦、越墙偷鸡的愣小子，竟能变得这么懂事。他甚至有些羡慕王家了，要是自己儿子白玉山也能改邪归正该多好呀！

　　也是巧合，王木林回家的第二天，白玉山也从烟台回来了。他在烟台东躲西藏了两天，觉得倒不如回家待着安全。他跟往常回来一样，歪戴一顶牛仔帽，穿半截袖子的上衣，衣襟敞开，嘴里叼着一根香烟，手里拎着一篮子海货，有大虾、海螺和螃蟹。回了家，他把篮子丢给吴太太，说把这些东西收拾出来。吴太太就急忙照做，不到一个钟点，就把海货煮好了。白玉山提着煮好的海货，去跟他的狐朋狗友喝酒去了，竟然没给儿子留下一只大虾。

　　白恒业问儿媳妇，说："你怎么没给我孙子留一些？"

　　吴太太说："我没这个胆子。"

　　白恒业说："你就不能偷偷拿出几只虾，留给白银？"

　　吴太太说："小孩子，吃好东西没个够，要是吃完后，还吵嚷着要吃，不就露馅了？他要是知道我私自扣留，还不把我的手剁了？"

　　白恒业气得跺脚，说："他快去当汉奸吧，让八路一枪崩了他，我就省心了！"说完，发现儿媳妇脸色不对，知道自己说错话了，于是长叹了一口气，转身走了。

　　白玉山刚回到栖霞，康川就得到了消息，带着翻译再次登门拜访。此时白玉山喝得微醉，正好从外面回来。白恒业慌了手脚，不知道该怎么应付眼前的局面。他本来想在儿子回家后，跟儿子商量一下对策，没想到康川来得这么快。

事实上，白玉山出门跟朋友喝酒的时候，已经有人把这件事告诉了他，说日本人想请他去做事。白玉山心里一惊，心想日本人找到他家了，看样子待在家里也不安全。不过他总算弄明白日本人为什么找他了，既然是请他去当技术专家，那就不用害怕了，他见到康川和张贵，并不慌张。

翻译把康川的意思转达给白玉山，说皇军如何器重他，希望他能有机会为皇军效力。白玉山装疯卖傻，问皇军那里有没有漂亮的日本女人，问皇军那里有没有好酒……康川都答应了。后来听说是去大连，白玉山睁着迷迷糊糊的眼睛，摇摇头，朝土炕上一躺说："大连，大连太远了，爷不去。"说完，就呼呼大睡。

康川少佐不是傻子，他看出白玉山装疯卖傻，故意戏耍他。回到日军指挥部，康川就给张贵下了命令，让张贵去绑了白玉山，偷偷把他从烟台港运到大连。

张贵觉得这件事情并不难，当了这么多年土匪，绑架一个人跟弄一头猪差不多，所以也就没太用心，吩咐手下人去办了。然而手下人牙齿不严，走漏了风声。地下党组织在伪军内部的眼线，很快得知伪军要在白玉山返回烟台的路上将他绑架了。不过，这个消息对地下党组织并没有什么价值，因为白玉山这种人，不属于地下党组织关注的范围。

王木秀知道后却很吃惊，毕竟白玉山是她的邻居，是她曾经喜欢过的男人。

王木林得知日军又去了白家，沉不住气了，觉得必须尽快跟白玉山见面，探一下他的口气。邓月梅叮嘱王木林，说话一定要巧妙，不能暴露自己的身份。"如果小鬼子知道你是县大队的，你家里人就要跟着遭殃了。"

王木林去白家，见了吴太太，说自己两年没见玉山大哥了，想跟他说说话。这时候，白玉山独自坐在客厅发呆。康川和张贵离开他家后，他就醒酒了，从土炕上爬起来，琢磨如何应对这件事情。他觉得自己真的遇到麻烦了。

王木林的突然出现，让白玉山心里很吃惊，但他故意装出很平淡的样子，对王木林不阴不阳地笑了，说："呀哈？瞧这身打扮，你发财了？"

王木林大大咧咧地说："还行，东奔西跑的，混碗饭吃，不像你，有一身本事，连日本人都登门求你，这种好事，我怎么就摊不上呀！"

白玉山给了王木林一个白眼："好事？那你去吧。"白玉山懒得搭理王木林了，略转身子，把脸扭到一边。

"这么说，你不去？"

"你想当汉奸，你去。"

"没想到玉山大哥还算是一个男人，没烂透。"

"你才烂透了！"

"前些日子，我听一位朋友说，八路军的兵工厂在到处招募人才，薪水很高，你要愿意去，我让朋友给你搭个桥。凭你这身本事，到哪儿都受重用。"

白玉山终于明白王木林的来意了，他瞪大眼睛看着王木林，生气地说："让我参加八路？你想让我家被满门抄斩呀？我在船上有吃有喝，哪儿也不去！"

王木林不紧不慢地坐在太师椅上，点头说："也是，你现在这份差事，真让人羡慕，不过我担心你得罪了日本人，以后就没安稳日子了。如果不想当汉奸，倒不如去八路那里，也算是找了个避风港。你去八路那里，只卖手艺，不当八路就是了，哪能满门抄斩？再说了，只要你不对外声张，谁知道你去八路那里了？"

白玉山疑惑地看着王木林，说："我听着不对味儿，你是八路吧？"

王木林咧嘴笑了："你看我这种人，八路能要我吗？"

白玉山瞅着王木林，觉得他确实不像个八路的样子。其实八路是什么样子，他也说不清楚。

"当汉奸，我背不起骂名；当八路，我受不了那份苦！"

白玉山说得很坚决，王木林就不好再劝了，于是把话题转到别处，似乎八路的话题自己就是随便一说，没往心上走。胡乱聊了一通后，他就起身告辞了，急着回去跟邓月梅商量对策。

五

王木秀得知伪军的计划后，心里一直为白玉山担心，想找个理由去白家走一趟。尽管父亲不准她跟白玉山来往，但要找个理由，还是容易的，她可以因为绣花鞋垫的图案绘制，去找吴太太取经，还可以去吴太太的布店里，请吴太太帮忙挑选一块流行的花布。现在的问题是，如何告诉白玉山真相。当着吴太太说这件事，显然不合适，容易吓着她，而单独跟白玉山在一起，又容易引起别人的误会和注意。

反复斟酌后，王木秀终于决定，晚上把白玉山约出来单独说话，这样也可以有充足的时间跟他解释。此时太阳快落山了，王木秀去了白家布店，让吴太太陪着挑选花布。从吴太太口中得知，白玉山不在家。吴太太还说，白玉山明天就要回烟台船上了。也就是说，伪军明天就会在他回去的路上行动了。

"你哥哥今天来了，跟玉山说了一会儿话就走了。"吴太太很随意地说。

王木秀愣了一下，作为一名地下党员，她对一些异常事情非常敏感。她想，哥哥跟白玉山没什么交情，而且一直挺讨厌白玉山的，怎么这次回来，跟白玉山热乎起来了？如果说哥哥去白家抬回了棺材，是为了调和父亲跟白恒业的矛盾，那么去找白玉山是为了什么？还有，哥哥带回来的那位嫂子，怎么看都跟他不般配。王木秀心里起了疑惑，就更想尽快见到白玉山。

白玉山回家的时候，必定路过王家的木匠铺。王木秀坐在木匠铺门口，眼睛瞅着街面，等候白玉山，一直等到天黑透了，仍不见白玉山回来。

王土墩喊王木秀回家吃晚饭，王木秀说："你们先吃吧，我一点儿也不饿。"

王土墩说："不饿也要坐在饭桌前，你没过门的嫂子在咱家，让人家怎么想？"

王木秀心里有些烦，没好气地说："我不饿，坐在那里干啥？她爱怎么想就怎么想，是谁的嫂子，还说不准呢！"

"嘿，你这是什么话？"王土墩没办法，转身朝院子里走去。

就在这时候，白玉山的身影出现了，王木秀心里一紧，快速走上去，轻轻喊了一声"玉山哥"。王木秀害怕被人发现，可没想到白玉山说话声音很大："木秀呀，吓我一跳，什么事？"王木秀什么话也没说，急忙把准备好的纸条塞到白玉山手里，转身离开。

然而，白玉山的声音，还是惊动了王土墩，他偷偷朝街面上瞥了一眼，从背影上感觉像是白玉山，心里就"咯噔"一下，怎么？这小子在勾搭我女儿？

王木秀好几年没跟白玉山单独约会了，自从他结婚后，两人见面的次数很少，有时候见了面，也只是客套地打个招呼，没有任何情感瓜葛。

白玉山回家对着油灯打开了纸条，看到上面写着一行蝇头小字：今晚十点，我家后院木材垛旁见，急事。"这么晚约我见面，什么事呀？"白玉山觉得事情有些蹊跷。事情越蹊跷，白玉山越有兴趣，他喜欢冒险和刺激。

王木秀太了解他的脾气了，知道他肯定会准时赴约的。果然，晚上十点，白玉山偷偷摸到了王家后院的木材堆旁，早已等待他的王木秀从木材堆后面闪出身子，一把将他拽到黑影里。他故意装得很紧张，问道："你干什么？你爹可说了，我要是再跟你来往，他就打断我的腿，我可不想一瘸一拐的……"

王木秀压低声音说："少废话。我今晚有重要事情告诉你。"

"你决定给我当小老婆了？"白玉山曾想让王木秀给他当小老婆，被王木秀臭骂了一顿。

王木秀踢了他一脚，说："闭嘴！听我说完。你得罪了日本人，他们已经命令张贵那些二狗子，在你回烟台的路上绑架你。"

白玉山听了，愣怔一下。其实他早就料到日本人不是那么好糊弄的，一定会找机会逼迫他就范，所以才想返回烟台藏身。

愣怔了一下后，白玉山恢复了原有的面目，嬉皮笑脸地说："别吓我，你怎么知道日本人要绑架我？他们跟你说了？"

"这个你别问，反正我跟你说的是真话，你跟谁也别说是我告诉你的，记住了。"王木秀说得很严肃，她知道只要这么说了，就算有人打掉白玉山的牙，他也不会出卖她。

"真的又怎么样？我才不怕呢，去给日本人做事也不错，有吃有喝，还有日本女人伺候。"

"你真想当汉奸？"

"别说得这么难听，什么汉奸呀，我就是挣碗饭吃……"

"好，你去吧，去当汉奸吧！权当我什么也没说，权当我瞎了眼，权当我今晚对牛弹琴了！"

白玉山嬉皮笑脸地说："你是故意把我骗出来，跟我在黑咕隆咚的夜里约会吧？"

"去死吧你！"

王木秀说完，转身要走，却被白玉山一把抓住了。白玉山不想让王木秀走，他要仔细问王木秀，到底怎么知道这消息的。王木秀却误解了，以为白玉山要对她动手动脚，于是奋力挣扎。这种挣扎，倒勾起了白玉山对往日温情的回忆，他记得第一次亲吻她的时候，她也是这么挣扎的。只是当初那个夜晚，月亮很好，而今晚的天空，没有月亮，只有星星，只有无边的夜色。他禁不住用双手抱住了她的腰。

就在这时，王土墩手握一把大斧头，站在白玉山面前，大喝一声："王八犊子，我劈了你！"

事情来得突然，王木秀竟然傻在那里，不知道该说什么了。王土墩扭住白玉山的胳膊，拖着他就走，要去见白恒业和吴太太。白玉山太瘦弱了，像一只小鸡似的被王土墩提溜起来。

王木秀终于醒过来，抱住父亲的腰，说这件事跟白玉山没关系，是她约白玉山到这儿的。"玉山大哥，你快走，快走，明白吗？"王木秀一语双关地说。

白玉山看了王木秀一眼，快步离去了。王土墩却不想放过他，用力甩开了王木秀，提着斧头追到了白家。

吵闹声惊动了已经睡下的王木林和邓月梅，两个人忙从屋里走出来，循着声音去了白家。此时，王土墩已经冲进了白家的客厅，挥舞着斧头叫骂着。白玉山惊惶地举起一把椅子，准备抵挡王土墩的斧头。

吴太太也已经睡下了，听到吵闹声，慌慌张张走出卧室，看到举着斧头的王土墩，她满眼的惊慌，叫道："王伯伯，王伯伯，有事跟我说，别跟玉山计较好吗？"

白恒业从外面闯进来，手里提着一根木棒。他不知道发生了什么事情，冲着王土墩的斧头奔过去，说："姓王的，你敢到我家里撒野，我今天跟你拼个鱼死网破。"

王土墩才不管白恒业的吓唬，说："姓白的，你儿子半夜勾引我女儿，今天我替你管教一下这个不是人的东西，你敢阻拦，我把你们爷儿俩一起剁了！"

王土墩举着斧头，白恒业提着木棒，两个人眼里都冒出火花，拼杀一触即发。

王木秀一头扎进了两个人当中，死死抱住了王土墩的胳膊，整个身子几乎吊在他的胳膊上，说："爹，爹，你再闹腾，我就死给你看！你回家听我说，回家好不好？"

王木秀说这话时，几乎快哭出来了。白恒业似乎明白了今晚发生的事情，瞪眼看着缩在椅子后面的白玉山，又羞又恼，一句话也说不出来。

这时候，王木林和邓月梅也赶来了。王木林趁机夺下父亲手里的斧头："爹，你回家，这里的事情交给我来办。木秀，拽爹走！"说着，用力把王土墩朝屋外推。

王木秀和邓月梅各自抱住王土墩一只胳膊，拖着王土墩磕磕绊绊地出了屋子。

客厅内突然静下来，白玉山有些尴尬地把举在头顶的椅子放下，咧嘴苦笑了一下。白恒业刚要冲着白玉山发火，看到儿媳吴太太站在一边，她头发散乱，身上的睡衣不很严实，露出了半拉子酥胸。他扭过身子，对吴太太说："你回屋去，没你的事。"

吴太太的眼窝里，立即涌出了泪水，看了白玉山一眼，低头进了卧室。

不等白恒业发脾气，王木林先说话了："你为什么半夜约会王木秀？"

白玉山已经镇定下来，似乎什么事情也没发生，说："干什么？看月亮。"

"月亮？今晚哪儿来的月亮？"

"你妹妹就是我的月亮。"

白玉山刚说完，白恒业一巴掌打过去，骂道："不要脸的东西！"

卧室内，传来了吴太太的哭泣声，随即，她儿子白银也哇哇哭了。孩子从梦里醒来，不知道发生了什么事情，看到母亲哭，也就恐惧地哭了。

白玉山挨了父亲一巴掌，并不恼，反而说："你要打，就打吧，等你走了，我就打我儿子。你怎么打我的，我就怎么打我儿子。"

"你敢打我孙子一下，我跟你拼命！"

白恒业嘴上这么说，但心里还是有顾虑。自己这不争气的儿子，似乎无可救药了，他把希望都寄托在孙子白银身上。孙子可伤不得呀！他转头瞪了身边的王木林一眼，气呼呼地说："我教训儿子，你站在这儿干什么？快滚！"

王木林本来还想仔细询问白玉山跟王木秀约会的事情，但白恒业吼了他一嗓子，他就不能再待下去了。

王木林回到自家客厅，发现父亲坐在客厅生闷气，妹妹木秀已经不在了，只有母亲和邓月梅陪在一边，沉默不语。

邓月梅看到王木林回来了，忙站起来。

"爹，到底出什么事了？"王木林问。

王土墩看了邓月梅一眼，动了动身子，叹气说："丢人呀，我这老脸往哪儿搁？"

王土墩粗略地说了刚才发生的事情。邓月梅觉得很蹊跷，黑灯瞎火的，两个人在后院木材垛旁约会，太古怪了，当中一定有事。

邓月梅暗暗地给王木林使了个眼色。然后，她笑了，说："伯父，你想多了，木秀妹妹不是告诉你了，她有事情找白玉山商量。再说了，木秀妹妹这么大了，做事情自有分寸，你就别操心了。都半夜了，伯父快睡吧。"

王木林的母亲使劲拽了王土墩一把，说："睡吧，别折腾了，人家月梅姑娘也该去睡了。"

王土墩气呼呼站起来，走回自己屋子。

邓月梅低声对王木林说："走，找木秀去！"

王木秀屋子里的灯亮着，邓月梅轻轻敲了几下门："木秀妹妹，没睡吧？"半天，门才打开，王木秀穿戴整齐地站在门口。显然，她回到屋子后，一直没心思睡下。

"嫂子，你找我……"王木秀的话没说完，发现哥哥也站在门外。她就坐在椅子上，像做错了事的孩子，垂下头一声不吭。

王木林进屋，反手关上了房门，瞪了王木秀一眼，说："你好多年不跟白玉山来往了，怎么突然夜里约他见面？什么事情不能白天说？肯定有事瞒着我。"

王木秀突然抬头，看着邓月梅说："我觉得，你们也有事瞒着我。"

邓月梅愣了一下，问："这话怎么说？"

"你们……怎么想都行，反正我觉得，你不像我未来的嫂子。"

"怎么不像？"

王木秀捋了一下头发，撇嘴说："你文文静静的，很有教养，一看就知道读过书，不是一般人家的大小姐，你会看上我哥这种人？哥，你说吧，你俩到底什么关系？你要不说，我就去告诉爹。"

王木林愣住了，看了一眼邓月梅，不知道该怎么回答。

邓月梅急忙接过话去，说："你这么厉害呀！实话实说吧，我是八路军兵工厂的，兵工厂需要一名懂技术的人才，我们认识你哥哥的一个朋友，他说曾经听你哥哥说过，你家邻居白玉山精通各种机械，于是我们就找到了你哥哥，让他带我来见白玉山。我刚认识你哥哥没几天。"

邓月梅这么说，是为了保护王木林，不想暴露他的身份。

王木秀笑了，说："这话还靠谱，我说嘛，我哥哥怎么突然跟白玉山热乎上了。不过，你可别连累了我哥哥。"

"他们答应给我好处了。"王木林插嘴说。

"你就是傻，一点儿好处，就让你不要命了！"王木秀白了哥哥一眼。

王木秀心里有数了。她刚见到邓月梅的时候，就觉得这人不寻常，现在验证了她的判断。只是，她还没想到自己熟悉的哥哥也参加了革命。

尽管能够确定邓月梅是八路军女干部，但王木秀不能暴露自己的身份，这是纪律。对敌斗争的复杂性，不容她有半点疏忽。不过她心里有些焦急，既然八路军兵工厂需要白玉山，那就更不能让日本人绑架了去，应该立即把这件事报告组织，让组织采取行动。可是，这都半夜了，怎么通知？

王木秀心里盘算的时候，邓月梅轻轻坐到她身边，像姐妹一样亲近："你现在可以跟我说实话了吧？"

王木秀突然有了主意，现在把事情真相告诉邓月梅，或许邓月梅能有办法。她说："白玉山得罪了日本人，康川队长让张贵偷偷绑了他送到大连，这种事情，我能不告诉他吗？"

王木林一愣，忙追问："啥？这种事，你怎么知道的？"

王木秀说："我也有好朋友呀，好朋友从张贵内部听到的消息。"

王木林严厉地训斥说："你一个女孩子，别在外面瞎掺和事儿，乱七八糟的朋友不要交往。"

邓月梅认真地看了王木秀一眼，她本能地感觉到，王木秀不是一般的女孩子，否则不可能识破她的身份。不过她现在没心思琢磨王木秀，她要尽快回到自己的屋子，跟王木林商量计策。

邓月梅对王木林说："走吧，都半夜了，让木秀睡觉吧。"说完拽着王木林回到他屋里。

敌人明天就要对白玉山下手了，怎么办？如果白玉山真让日军绑架了，对我们兵工厂来说损失太大了。可凭她和王木林两个人，又无法跟敌人抢夺白玉山。最好的办法，就是尽快通知刘好队长，让县大队想办法破坏敌人的行动，可县城大门早就关闭了，城门戒备森严，半夜出城太危险了。

"你平时歪点子挺多的，倒是想个办法呀。"邓月梅脑子里乱糟糟的，竟然没了主意。

王木林一直不吭气，手里摆弄着一根草绳，心里琢磨着。眼下想说服白玉山去兵工厂，真比登天还难，既然文的不行，那就来武的，跟日本人学，不管三七二十一，一条绳子就把白玉山打发了。不过这个计策，如果告诉了邓月梅，她肯定会反对的，必须自己偷偷行动。还有一点，就是绑架白玉山容易，想要把他运出城，就有点儿麻烦了。

王木林突然想起了自家后院的那口棺材，原是父亲为白恒业准备的，现在可以给他儿子白玉山用一下了。打定主意后，王木林把手里的半截子草绳摔在地上，对邓月梅说："先睡觉，天亮再想办法。"

邓月梅摇头说："天亮后，白玉山回烟台了怎么办？今晚必须想出办法来。"

王木林说："干脆，让小鬼子把他绑了去，那小子就算到了我们兵工厂，也不会好好革命的。"

邓月梅急了，说："你这是什么态度？完不成任务，回去怎么跟周厂长交代？"

王木林看着邓月梅焦急的样子，笑了。他脱去外罩，做出要睡觉的样子说："我困了，睡觉吧，明天我肯定有办法。你要是不想走，就在我屋子里睡，咱俩也算演了一场完整的夫妻戏。"

邓月梅气得摔门而去。

六

夜晚又恢复了平静。

凌晨时分，王木林开始按照自己的计划行动了。他蹑手蹑脚地出了门，去了白玉山家的窗外，轻轻敲打几下。

屋内传出了白玉山的声音："谁？"

"我。木林，王木林。"

白玉山一直没睡，怡红院的小白菜还等着他呢，他不想被日本鬼子绑架去，可又不知道怎么脱逃出去，于是坐在客厅喝闷酒。听到王木林的声音，他犹豫了一下，起身出门。

此时，吴太太也睡不着了，她感觉白玉山跟王木秀的约会有些异样，不像是男女私情，问他原因，却被他没好气地顶回去了，她也就不敢再问了。现在，白玉山被王木林喊出门后，吴太太就更觉得奇怪了，不由得起身跟出院子，断断续续地听到了两人的对话。

"玉山大哥，我听木秀说，小鬼子要在你明天回去的路上绑架你，木秀让你现在就动身，趁天黑离开栖霞。"

"她也跟你说了？就算是真的，半夜怎么出城？我插翅膀飞呀？"

"木秀说她有办法送你出去。"

"木秀在哪儿？"

"在我家后院等你，现在就去。"

事情来得有些突然，白玉山犹豫了一下，说："你等我一下。"

白玉山转身走回屋子。吴太太站在客厅，紧张地看着他。

"不睡觉，起来干啥？我今天回烟台了，有急事。"他凶巴巴地对吴太太说。

吴太太忙收拾了几件干净衣服，塞到他手里，忧虑地看着白玉山，说："你小心点儿，我和儿子……"她本想说，我和儿子等你回来，可没说出口，眼里就有了泪水。尽管白玉山总是对她凶巴巴的，也不怎么过问她和儿子的生活，但他毕竟是自己的男人，是儿子白银的父亲。

白玉山看到她眼里的泪花，有些心软，想跟她说点儿什么，但最终还是没说出口，只是进了里屋，看了一眼熟睡的儿子，想亲一口，又怕弄醒他，于是将一些钱悄悄放在儿子的床边，转身出门，走进漆黑的夜中。其实对于自己的儿子，他还是很亲的，只是他这种性格的人，平时不会把情感表露出来。他给别人的印象，就是一个玩世不恭的坏种。在这个好人吃亏坏人横行的世道中，他喜欢别人把他看成坏种。只是，在以后的岁月中，他跟吴太太这个草率的分别，无数次浮现在他眼前，无休止地折磨着他。

王木林把白玉山带到自家后院，那里有一堆木材，还有一口棺材。四周静悄悄的，白玉山突然紧张起来，问木秀在哪儿。王木林弯腰打开了棺材顶盖，说在这里面藏着。白玉山愣神的时候，王木林抡起木棒，将他打晕了，随手装进棺材内。然后，王木林取出棺材旁边的一碗水，把准备好的迷魂散搅拌在水中，给他灌进嘴里。明天中午之前，白玉山是不会醒来的。王木林轻轻盖上了棺材盖，得意地哼了一声。

邓月梅一夜没睡好，天不亮就起来去敲王木林的房门，见王木林睡眼蒙眬地走出来，心里就生出一股怨气。"都什么时候了，你还睡得这么安稳！想好办法了？"她喘着粗气问。

王木林点点头说："跟我来吧。"

王木林去了后院。后院很安静，他打开了棺材盖，对邓月梅说："货到手了。"

邓月梅有些疑惑，弯腰朝棺材里看一眼，忍不住惊叫起来。棺材里，白玉山一动不动地躺着。

"你……你把他弄死了？！"

"没，活着。"

王木林又把棺材盖合上了。

"你昨晚到底干了些什么？"

"这个你别问。剩下的事，需要你配合，把他抬出县城。"

"我？让我做什么？"

"从现在开始，你就是他的老婆了，要为他披麻戴孝。"

王木林把出城的计划告诉了邓月梅，说完忍不住笑了。

事到如今，邓月梅也只能配合他了。早饭后，王木林出门办事，留下邓月梅陪着他父母聊天。王木秀觉得奇怪，昨天夜里，邓月梅急得上房跳井的，今天早晨却不急不躁，说说笑笑，好轻松的样子。她忍不住婉转地问邓月梅，说："嫂子，今天上午就走，事情都办妥了？"

邓月梅点头说："也没什么事情要办，这次来，就是认认门儿。"

邓月梅不多说，王木秀也不好多问了。

按照预定好的方案，邓月梅跟王土墩说："她有位朋友想给老父亲预备一口棺材，咱家那口棺材没用处，我跟木林商量，能不能把这口棺木送给我朋友？"

胶东有个风俗，父母上了年纪，孝顺的儿女都会提前给长辈准备好棺木，让长辈晚年过得安心。过去，王土墩对王木林不是很满意，总觉得儿子做事冒冒失失不靠谱，但这次儿子回家，不但带回了一位贤惠的儿媳妇，而且从外表看上去出息多了。既然儿子和儿媳想为朋友做点事，别说一口棺材了，就是十口八口的，他也要答应。

王木秀在一边听了，心里就起了疑问。邓月梅临走的时候，要带走一口棺材，这里面肯定有蹊跷。只是，她想不明白邓月梅用这口棺材来做什么。

这时候，王木林已经跟县城的一位阴阳先生谈妥了价钱，并且把殡丧的程序敲定好了。邓月梅看到王木林进了屋，就起身跟两位长辈告别。王土墩叮嘱儿媳，只要有时间，就来家住几天。邓月梅满口答应了，还依依不舍地挽着王木林母亲的胳膊，朝门外走，王木林母亲的眼圈当即红了。王木秀看在眼里，暗暗叹息。

王土墩想让木匠铺的两个小伙计抬上棺材送他们走，王木林说不用了，他已经请人来抬棺材了。说话间，已经有四个杠夫进了后院，用绳子套住了棺木。

王木秀陪着父母出门送行，发现四个杠夫抬着那口棺材并不轻松，忙走上前伸手摸了一把棺材，想打开看个究竟。王木林手疾眼快，一步上前拦住了她，说："你别送了，快陪咱妈回去。"王木秀缩回手，呆立在那里。

按照王木林的要求，棺材经过一番装饰，缠上了黑布白花，并由吹鼓手伴随着，吹吹打打来到了城门。这时候，邓月梅已经换上孝服，哭哭啼啼地跟在棺木后面。

把守城门的，是张贵手下的伪军，他们拦住了棺材，要求打开检查。王木林上前解释，说自己的哥哥暴病而亡，病因不详，老总一定要打开检查的话，最好捂紧了嘴和鼻子，免得染上了怪病。伪军用枪托对准王木林的腰部砸去，说再啰唆，老子一枪崩了你。两个伪军上前掀开了棺材盖，看到里面躺着一个人，就用枪托朝着白玉山身上捣了一下，白玉山没有任何反应。伪军想伸手翻动尸体查看，棺材内传出一股怪味儿，又臭又臊。伪军有些心怯，忙盖上了棺木，挥手让王木林赶快抬走。

出了城门，翻过了两道山岭，山脚下是一处自然形成的湖水。此地距离兵工厂还有十几里路，王木林觉得不能再往前走了，否则很容易暴露兵工厂的位置。他就让抬棺材的杠夫停下，说我哥哥染上的是怪病，我怕下葬的时候传染了大家，就把棺材丢进湖水里吧。众人一听，慌忙停下脚步。

他给吹鼓手、杠夫等人分发了银两。

几个人想帮王木林把棺木推进湖里，王木林忙说："你们走吧，我嫂子想单独陪我哥哥一会儿。"

说着，给邓月梅使个眼色，邓月梅立即趴在棺材上，凄凄惨惨地哭起来。

王木林看到众人走远了，才把邓月梅推开，发现邓月梅竟然哭得满脸泪水。他忍不住笑了，说："你还真哭呀？"

邓月梅抹了一把眼泪，说："我想起了牺牲的李大姐……"

王木林掀开棺材盖，使劲把白玉山从里面提溜出来，他也闻到一股又臭又臊的怪味儿。仔细一看，原来白玉山被他打了一闷棍，当时便溺了，全兜在裤裆里。他顾不得那么多了，把棺材推进湖水里，反手将白玉山像抢麻袋包一样抢到自己后背上，撒开脚丫子朝兵工厂方向奔跑。

邓月梅跟在王木林身后，看着王木林的背影，心里说："这人，还真有些歪点子。"

十多里的路，王木林"噌噌"地跑完了。空手跟在后面的邓月梅，已经累得上气不接下气了。他们刚接近兵工厂，趴在山顶上的哨兵，就发现了他们的身影，忙去向周海阔报告。为防止敌人偷袭，兵工厂四周设了三道警戒，第一道藏在山顶上，第二道藏在兵工厂外的沟壑里，第三道设在兵工厂的大门外。

周海阔接到哨兵报告，立即跑到兵工厂大门口，有些紧张地等候着。陈景明、槐花，还有兵工厂几个工人，也跟着跑过来。陈景明嘴里唠叨说："我倒要看看，究竟是个什么样的宝贝。"

王木林走到大门口，几个人迎上去，把他后背上的白玉山接住。王木林一屁股坐在地上，嘴里骂道："死猪，累惨我了！"

随后，邓月梅一瘸一拐走来，身子一软，也瘫坐在地上。

周海阔没理会王木林和邓月梅，忙着去看白玉山。"怎么？他怎么这个样子？"周海阔惊讶地喊着，伸出手，去试探白玉山的鼻息。

王木林喘息着说："死不了，估计快醒了。"

周海阔指挥几个人，小心地把白玉山抬进屋子，亲自给白玉山换了一身干净衣服，又用温水给他擦洗了脸。白玉山的头部，因为吃了王木林一木棒，有很大一块瘀血，周海阔让邓月梅仔细清理了伤口，敷上了药膏。他不停地提醒邓月梅，动作轻一点儿，小心谨慎的样子，像对待一件出土文物。

然后，他仔细听完了王木林和邓月梅的汇报。

王木林得意地看着周海阔，等待周厂长的表扬，没想到周海阔却打了他一拳，说："你怎么能用木棒子打他的头？打死了怎么办？"

王木林很委屈地说："打死了拉倒！你这是过河拆桥。"

邓月梅忍不住笑了，说："活该，谁让你不跟我商量的。"

周海阔瞅了一眼白玉山，有些心急地说："你看，他还昏迷着，会不会打坏了脑壳？"

王木林说："我干木匠出身的，下手最有分寸，用力刚刚好。我是怕他醒来太早，给他用了过量的迷魂散。"

周海阔不说话了，守着白玉山，静坐着，目光一直落在白玉山的眼睛上。半个小时后，白玉山还没有睁开眼睛，他站起身说："你们看护好了，他醒来后，立即向我报告。"

周海阔去了伙房，交代炊事员李大叔，炖上一只老母鸡，再熬一罐小米粥。

陈景明心里很不爽，觉得周海阔做得过头了，好像兵工厂有了白玉山，就能造出飞机和大炮。

"老周，你别高兴得太早了，我担心你捡来的是一堆牛粪！"

"是牛粪还是金子，咱俩说了不算，要等他醒了再说。"

"我看，就是一堆牛粪！"陈景明又重重地说了一句。

快到中午时，白玉山的眼睛眨巴起来了，随即身子动了动，嘴里哼唧了两声。周海阔得到消息，忙吩咐炊事员李大叔端着炖好的老母鸡去看望白玉山。此时，白玉山已经完全睁开了眼睛，皱着眉头打量周围陌生的一切。显然，他的头很疼，眼球似乎也涩巴巴的，转动起来不很流畅。

"这是什么地方？"他有气无力地问。

周海阔俯下身子，笑眯眯地说："兵工厂。欢迎你来到八路军兵工厂。"

兵工厂？白玉山转动脑袋，看着面前一个个陌生的面孔。突然间，他看到站在后面的王木林和邓月梅，意识慢慢复苏了，尽管他不知道自己是怎么到了这儿的，但记忆最深的，就是王木林给他的那一木棒子。他突然抓起身边的一个碗，摔向王木林和邓月梅。

"骗子！婊子！"他骂道。

周海阔挥手，让王木林和邓月梅出去，让其他人也都出去。他自己拿起勺子，给白玉山喂鸡汤。白玉山也真饿了，闻到鸡汤的香味，不管身在何处，吃饱了再说。他就是这种人，哪怕要去见阎王爷了，临行的这顿饭也一定吃得很香甜。

很快，一只老母鸡吃光了，一碗小米粥下肚了。周海阔心里无比踏实，知道这小子没事了。

吃完饭，周海阔就跟白玉山聊天。准确地说，是他对白玉山说了半天话，因为白玉山一直听着，没说一句话，甚至连点头"哼"一声都没有。到最后，白玉山就回应了一句，说："我才不当八路！"

周海阔说："先别做决定，养好身体再说，养好身体再说。"

七

白玉山的身体没什么大事，第二天上午，他就走出屋子，在兵工厂四处闲逛，一副浪荡公子的模样。周海阔陪着他参观了兵工厂的木工、钳工、机工、翻砂、铣床几个车间，查看了兵工厂生产的手榴弹、地雷，还有一些复装子弹。

车间内，两个工人正在修理一台柴油机，可怎么鼓捣，就是找不到毛病。白玉山在柴油机前面站住，听了听柴油机发出的声音，对工人说："瞎折腾什么？喷油嘴被脏东西糊住了，供油不足。"

说完，他推开两名工人，打开了柴油机，清理了喷油嘴。又仔细一看，传送带的轴承有些弯曲了，于是用锤子敲打两下，对工人说："好了。"

工人重新发动柴油机，果然好了。一个工人瞅着白玉山，惊讶地说："你也太神了！"

周海阔看在眼里，心里惊喜地说："这小子，名不虚传。他要是能留在兵工厂，我每天给他洗脚都愿意。"

然而，白玉山对兵工厂一点儿兴趣都没有，他用脚踢了踢一堆破铜烂铁，说："这算什么兵工厂，我在这儿还不憋死了？这里有酒喝吗？有鱼有肉吗？"

周海阔说："喝酒没问题，肉嘛，也有的。你放心，我一定给你最好的待遇。"

白玉山突然笑嘻嘻地看着周海阔说："有女人吗？"

周海阔一时没反应过来，说："有呀，我们兵工厂有二十多位女同志。"说完之后，突然明白了白玉山的意思，忙解释说："我们八路军有纪律，不准调戏妇女，这一点是铁打的。"

白玉山咧嘴说："那我在这儿不就成和尚了？不干。"

周海阔说："我们会尽快把你老婆和儿子接过来，让你们一家人团聚。"

白玉山不屑地说："这山沟旮旯儿的，接他们过来干啥？"

周海阔一想，也是，白玉山的太太和儿子，在城内生活优越，到了这山沟旮旯儿的，肯定不能适应。

"这样吧，你抓紧帮我研制出几件家伙，帮我带出几个技术人员，一年两年的，我就放你走。"周海阔很大度地说。

白玉山却不领情，说："你放我走？腿长在我身上，我想什么时候走就什么时候走。"

周海阔嘿嘿笑了，说："我费了这么大力气把你请来，你不帮我搞出点儿名堂，我哪里舍得放你走呀。"

两个人正说着话，王木林从前面走过来。白玉山看到王木林，抄起一根木棒就去追打，边打边骂，说要不是王木林欺骗他，现在他已经在烟台泡女人喝小酒了。可惜，白玉山瘦了吧唧的身子，根本无法跟王木林拼打，王木林抓住他手里的木棒，用力一拧，就把他的手腕拧过去了，随即踢了他两脚，说："要不是我救你，你现在早被小鬼子绑到大连了。"

周海阔忙去护住白玉山，批评王木林："谁让你动手动脚的？"

王木林说："是他先动手的。"

周海阔说："他动手，你也不能动手。"

王木林瞪圆了眼睛，冲着周海阔嚷起来："凭什么呀？就只能他打我？"

周海阔说："你不会躲着他？他不喜欢你，你就躲远一点儿。我可警告你，你要是再动白玉山一下，我就处分你！"

王木林气得转身离去。

尽管研制新武器迫在眉睫，但周海阔知道，对付白玉山这种人，不能操之过急，必须慢慢去感化他。为防止他逃跑，周海阔专门跟警卫排长交代了一番。

眼下最主要的事情，就是照顾好白玉山的生活。周海阔去了伙房，李大叔正在熬小米粥，槐花使劲拉着风箱，累得满头大汗。槐花两岁时死了娘，李大叔算是个民间厨师，一直在大户人家当长工，尽管日子过得辛苦，但对女儿槐花视若掌上明珠，父女俩相依为命，日子过得倒也有滋有味。兵工厂搬迁到栖霞后，需要一个熟悉当地情况的炊事员，栖霞地下党组织就动员憨厚诚实的李大叔来到兵工厂，在敌人严密的封锁下，帮助兵工厂外出采购食品。当地人都熟悉李大叔，知道他是做饭的，采购食品的时候，不会引起敌人的怀疑。

周海阔走上前，接过槐花手里的风箱，说：“你一边儿去吧，以后这些事情不用你做了。”

槐花说：“我不做这事，还能做啥？我又不能上前线杀鬼子。”

周海阔说：“我给你一项艰巨的任务，不知道你愿不愿意去做？”

槐花当即表决心，说：“只要能答应我当八路军，跟月梅姐姐一样穿上八路军的衣服，再苦再累的活儿，我都愿意做。”

周海阔就把自己的想法说出来，让槐花负责照顾白玉山的生活，单独给白玉山做小灶吃。槐花一听，立即横眉竖眼，说：“白玉山不是个好东西，就爱耍女人，这种人我不伺候。”

周海阔耐心劝说槐花，说：“我们就是要帮助他改掉坏毛病，让他发挥特长，为八路军做贡献。”

槐花说：“你让别人帮助他吧。”

“别人都不合适，我觉得就你行。”

“月梅姐怎么不行？”

“她不行。白玉山恨上她和王木林了，一时半会儿，解不开这个疙瘩。”

“如果他是八路军，是木林哥，我愿意给他做小灶吃，可他算什么！”

“你不懂，别说一个王木林，十个王木林也抵不上一个白玉山。他要是真肯为我们工作，帮我们研制出新武器，我们前线的八路军部队，就能成倍地杀伤敌人，你说，他值不值得我们付出？”

槐花噘着嘴赌气。

大叔听明白了周海阔的意思，咳嗽了一声，说：“槐花，你就听周厂长的话，咱们兵工厂眼下困难，需要这种能耐人。这件事，我就做主了！"

槐花无奈，只好去了白玉山身边。

听说让槐花去照顾白玉山，平时温文尔雅的政委陈景明，差一点儿跟周海阔动手打起来。他质问周海阔："让槐花去照顾白玉山，什么意思？小日本有军妓，我们八路军队伍不兴这个！"

周海阔耐心解释说："不是这个意思，让槐花照顾白玉山的生活，就是要让白玉山感觉到我们的真诚，把我们兵工厂当成家。你是政委，一定有办法改造白玉山，他的思想工作，全靠你去做了。"周海阔把皮球踢给了陈景明。

其实周海阔不说，陈景明也要找白玉山谈话，他不能让这个"毒瘤"毒害了兵工厂。

陈景明去了白玉山的宿舍，瞅了白玉山足足一分钟，瞅得白玉山浑身不舒服了，这才开口说话。他说："白玉山，你现在已经是一名八路军兵工厂的技术员了，以后就要按照八路军的纪律要求自己，不许喝酒，不许调戏妇女，不许私自外出，不许……"

不等他说完，白玉山急忙摇头，说："我不是你们的技术员，我是被你们绑架来的，我随时都会离开的。"

陈景明有些生气了，说："现在日本帝国主义的铁蹄在肆意践踏我们的国土，每一个有良心、有血性的中国人，都必须站出来，为中华民族之存亡而战斗！"

白玉山拿出无赖的嘴脸说："我没血性，我胆小怕事，我就想回家。"

陈景明严肃地说："白玉山，你想当汉奸吗？现在城里的鬼子，到处在找你，你真想回去替日本人卖命吗？"

"我哪里也不去，我还回船上，当我的大副。"

"恐怕没那么容易。你现在只有两个选择，留下来为八路军工作，或者当汉奸，去为日军卖命，你仔细考虑好。"

白玉山不说话了，他在想，自己没有按时回到船上，老板一定很恼火。他还想，日本人找不到他，会不会去他家里报复？这样想着，他的心突然被什么东西揪了一下，竟然牵挂起他的父亲、妻子和儿子，平生第一次有了想家的念头。

"我必须回家……"他禁不住自言自语。

陈景明站起身，走到门口，又回头看着白玉山，说："我要告诉你，兵工厂四周都有暗哨，你要是逃跑的话，他们可能把你当成汉奸打死，你一个人最好别到处乱跑。"

离开白玉山的屋子，陈景明去找槐花谈话，可是找了半天不见人影。有人说，槐花去山下洗衣服了。陈景明就顺着山坡走到沟底，那里有一条溪水，从深山蜿蜒流淌出来，像一条银带，把山下的几个村庄串联起来。溪水两岸，是茂盛的水草，还有不知名的花儿，水灵灵开放着，成为一道风景。

果然，槐花在溪水边洗衣服，身边的石板上，还放了一束野花。有两件洗完的衣服，晾晒在河边的树杈上，陈景明瞅了一眼，认出是白玉山的。

陈景明皱了皱眉头："槐花，你怎么给白玉山洗衣服？"

"这是周厂长给我的任务，让我照顾好他的生活。"槐花甩了甩湿漉漉的手。

"你来兵工厂，是来革命的，不是来当丫鬟的，以后他的衣服，让他自己洗，他都成资本家了。"

"周厂长说了，白玉山对我们兵工厂很重要。"

"重要是重要，但也要讲政策，你不能跟他走得太近，要防范他。你在照顾他的生活之外，还有一个重要任务，就是密切监视他。"

"监视他？"

"对，不能让他逃跑了，发现他逃跑，立即报告。"

槐花说："要是来不及报告呢？"

陈景明突然压低声音说："那你就要想办法，不管采取什么手段，一定要拖住他，绝不能让他跑掉。"

陈景明严肃的表情，让槐花心里突然有些紧张，或者说害怕，觉得这件事情非同小可。陈景明离开后，她反复琢磨，到底用什么办法才能拖住白玉山，让他跑不成？想了半天，也想不出个头绪。

槐花想起了王木林。在槐花眼里，王木林是个了不起的人，他打鬼子勇敢，做事情干脆，站着像棵大树，走路一阵风，天不怕地不怕，阎王老子都躲着他。而且，王木林对她特别好，经常偷偷把一块烤地瓜或者一个白萝卜塞给她，也不知道他从哪儿搞来的。

槐花就去找王木林，把自己的难处告诉了他。她相信王木林，王木林说什么她都信。准确地说，她喜欢王木林。

"木林哥你说，他要是真逃跑，我怎么办？"她看着王木林，皱着眉头，好无奈的样子。

这种表情，让王木林心疼，让他更恨白玉山了。他说："怎么办？他敢逃跑，你就打死他！"

槐花愣了一下，瞪大眼睛说："打死他？"

王木林说："逃跑就是叛徒，是汉奸，就不能放过他！"

"我……我怎么打死他？我没枪，打不赢他呀。"

王木林想了想，从腰间摘下一颗手榴弹交给槐花，让她关键时候，就用这颗手榴弹对付白玉山。兵工厂的每一个人，都会使用武器。槐花在兵工厂半年多了，不但会使用手榴弹，还会打枪、埋地雷。王木林叮嘱槐花藏好了，说："别叫白玉山看到了。还有，白玉山不是个好东西，要是对你那个，你也用手榴弹对付他。"

王木林说的"那个"，槐花明白什么意思，她胸脯一挺说："他敢！我才不怕他呢！"她雄赳赳气昂昂地把手榴弹藏进了怀里。

说归说，槐花毕竟是个女孩子，再见到白玉山的时候，她的表情就不自然了，处处提防他。白玉山从她身边走过，她总担心他突然抱住她。白玉山看她的时候，她也紧张，说："你看我干什么？"

最初，白玉山并没有在意她，但她这么紧张，白玉山就觉得有趣了，就故意逗她，专注地瞅着她。

"你挺好看的。"他笑嘻嘻地说。

槐花生气了，说："再看，打烂你的眼！"

其实，白玉山虽然喜欢漂亮女人，但并不是那种无赖。他对槐花也只是要要嘴皮子，没往心里去。他心里一直惦着小白菜。

有时候，白玉山闷得慌，一个人走出屋子，去山坡下散步，槐花就提醒他不要乱走。"你不会逃跑吧？我可告诉你，千万别逃跑。"说着，悄悄用手摸一把怀里的手榴弹。

　　槐花从心里不希望白玉山逃跑，不希望他被自己的手榴弹炸死，她甚至在心里设想了好几种特殊情况，最坏的一种，就是她坚定地拉响了手榴弹，抱住白玉山同归于尽。

八

　　白玉山表面上松松垮垮的，但他一直在寻找机会逃跑。

　　有一次，槐花带着白玉山到山下的高家沟，跟老乡借东西，白玉山趁机躲在老乡家的驴圈里，槐花找不到他，急得满头冒汗，多亏老乡家的那条狗，发现了藏在驴圈高粱秸后面的白玉山，汪汪地叫起来。槐花听到叫声跑过去，从高粱秸里把他揪出来。她把白玉山的耳朵都揪红了。

　　还有一次，天下着小雨，兵工厂被满山的雨雾笼罩了。他去厕所的时候，偶然发现山崖下的哨兵不见了。那个山崖下面，是一条通往山下的小路，沿着小路走不远，有一片刺槐林。白玉山已经观察过了，只要进入那片刺槐林，就像鱼儿游进了大海，自由自在了。这条路，是兵工厂遇到紧急情况时撤离的生命线。

　　他有些兴奋，悄悄绕过厕所，翻过一堵矮墙，转到了那条小路上，刚走几步，就听到扑腾一声，树上跳下一个人来。

　　"哪里去？"哨兵看着白玉山问道。

白玉山吓了一跳，但很快镇定下来，说："到山下的河边溜达溜达。"

"下雨天，你溜达什么？回去！"

"下雨天才溜达呢，管得着吗？"白玉山满不在乎地说。

哨兵拉动枪栓，说："姓白的，周厂长拿你当宝贝，我们可不娇惯你，别把自己当盘菜，再不回去，就当汉奸打死你。"

白玉山嘴里嘟囔着返了回去。他想，既然走不掉，那就折腾吧，折腾得你们受不了了，看你们放不放我走。

周海阔邀请他去车间，指导工人们搞研究，他说自己头疼，躺在床上睡大觉。虽然自称头疼，但每天都要喝酒。附近村庄的老百姓，隔三岔五来慰问兵工厂，送来的鸡鸭鱼肉，大部分都让他吃了。

有几天，敌人封锁得严实，兵工厂一点儿肉星都没了，白玉山就绝食，说那些饭菜咽不下去。周海阔急忙找到王木林，让他想办法进城，搞一些鱼肉来。王木林赌气不去，周海阔就说："这是组织交给你的任务，你必须完成。"

王木林把脑袋"挂"在腰上，进城为白玉山搞到了肉。中午开饭的时候，白玉山独自蹲在门口吃小灶、喝小酒，碗里是刚从城里搞来的羊肉。王木林和几个工人，却围在一起吃清水炖萝卜，他们心里自然有怨气。凭什么呀？咱们吃萝卜他吃肉？他算老几呀？吃就吃吧，还整天躺着睡大觉，一点儿也不劳动，他要吃到什么时候？这么吃下去，我们嘴里的肉都被他抢走了。

有人鼓动王木林，说："你卖命搞来的肉，总要吃上一口吧？"

王木林就站起来，走到白玉山面前，说："我尝尝羊肉膻不膻。"

说着伸筷子去他碗里夹起一块肉，却被白玉山一筷子打掉了。白玉山说："滚一边儿去，你也配吃肉？"

王木林再也忍不住心中的怒火，抓起碗来，把一碗菜扣在白玉山脸上。紧接着，他把白玉山摁在地上，一顿痛打："让你配吃肉，我把你打成肉饼！"

两个人正厮打着，邓月梅从他们身边路过，看到这情景，慌忙跑过去拽住了王木林，生气地说："王木林，你在干什么？！"

王木林看着躺在地上的白玉山，气愤地骂："我他妈费劲儿把你弄来，想让你帮我们研制武器，没想到请来个祖宗！我告诉你，下午老老实实去车间，搞不出新武器来，我砸烂你的狗头！"

这时候，周围已经站了很多工人，都为王木林喊好，甚至还有掌声。周海阔闻讯赶过来，一把推开围观的人，从地上扶起白玉山。白玉山的鼻孔流着血，脸上还挂着菜叶子，非常狼狈。

周海阔愤怒地看着王木林，说："王木林，王木林，王木林！"

王木林站在那里不动。突然间，周海阔冲上去，对着王木林屁股就是两脚，多亏陈景明及时赶到，才拽住了周海阔。

"给我蹲禁闭去！"周海阔喊道。

王木林蹲了禁闭，槐花很心疼，偷偷去看了他几次。槐花恨上了白玉山，尽管每天还给他做小灶，照顾他的生活，但一句话也不跟他说，把端来的饭像喂狗一样朝他面前一放，转身就走。兵工厂的工人看见白玉山，就像看见仇人一样，都用眼睛瞪他。

白玉山的日子过得很孤独、很压抑，到最后，他连吃肉的心情都没有了。

白玉山从家中神秘地失踪，让日军中队长康川少佐非常恼火，把伪军队长张贵臭骂一顿，说如果找不到白玉山，就按私通八路处置他。

张贵觉得奇怪，每天都有手下蹲在白家门口监视着，白玉山怎么就不见了？难道他遁地而去？他派人三番五次去白家搜查，把白家翻了个底朝天，就是没找到白玉山。张贵就审问白恒业，说："白掌柜的，咱俩可是老交情了，现在康川跟我要人，要拿老子开刀，日本人跟我过不去，我对你也就不客气了。你老实说，白玉山哪里去了？要是被我们找到了，可有他的苦头吃！"白恒业摇头，说那天晚上儿子出门喝酒，再也没有回来。"那个不孝的东西，死了也好。你要是找到了，替我一枪崩了他，我看到他就心烦！"白恒业气愤地骂道。

他的恨，是从心底生来的，骂的时候，恨不得把牙咬碎了。张贵看着白恒业这副表情，眨巴了一下眼睛，竟然不知道说什么好了。

张贵非常气恼，把手下狠狠收拾了一顿。他原想绑架了白玉山，去康川那里换来几条好枪，现在不但什么好处都没捞到，反而被康川劈头盖脸臭骂一顿，就差用刀砍他了。

张贵私下安排人手，死死盯紧了白家，监视白家老少的举动，他觉得白玉山一定是藏了起来。张贵和康川做梦都没想到，他们想绑架的白玉山，已经去了八路军的兵工厂。

白恒业确实不知道儿子去哪里了，他也觉得蹊跷，问儿媳妇究竟怎么回事，吴太太说白玉山害怕日本人找事，那天早上偷偷回了烟台。白恒业觉得儿子还算精明，也就没再多问。

然而没过几天，烟台派人来家里寻找白玉山，问他还做不做船上的大副，如果不干了，也应该告诉一声。白恒业就慌了，儿子没回烟台，去哪儿了？吴太太想起那夜的情景，就把细节跟他说了。

白恒业去了王土墩家，找王木秀要人。王木秀蒙了，她根本没有安排白玉山半夜逃走呀，白家怎么突然跟自己要人。她刚要跟白恒业解释，突然想起哥哥离开家时抬走的那口棺材，如果没猜错的话，棺材里抬的一定是白玉山。她不知道这是哥哥一手操办的，只是心里特别佩服邓月梅，觉得八路军就是有办法。

明白之后，王木秀就忙点头，承认自己帮助白玉山离开了县城，劝白恒业别焦急，因为白玉山很安全。"我保证，如果玉山大哥出事了，我用命来抵。"

白恒业说："人在哪里？"

王木秀说："在一个很安全的地方，真的安全。"

"你就说，人在哪里？肯定是你藏起来了，你这是偷汉子，不要脸！你不说，我就去县府告你去！"

王土墩原以为白恒业故意到家里闹事，没想到女儿确实把白玉山藏起来了。王土墩又羞又恼，白玉山那么一个猪狗不如的人，女儿咋就看上了，跟他分不开了？王土墩抓起自己的一把小泥壶，狠狠地摔在地上："木秀，你跟我说清楚，你把那个烂货弄哪儿去了？你再这样胡闹，给我滚出家门！"王土墩从来没跟女儿这么耍脾气，他觉得自己的老脸丢尽了。

王木秀心里琢磨，如果不跟白恒业说实话，他真可能去伪政府告状，就算不告状，也会吵闹得沸沸扬扬，让日本人知道了，事情会很麻烦。干脆不如说了吧，或许能把白恒业镇住。

"白叔叔，我跟你说实话吧，你家玉山参加八路了。"王木秀说。

白恒业愣怔了一下，立即跳起来说："不可能，我家玉山不可能参加八路，他吃不了那份苦。再说了，就他那样子，八路也不稀罕他呀，你少来糊弄我！"

"我对天发誓，他真的参加了八路，我要说谎，天打雷轰！"

"他怎么能参加八路？这么说，你是八路，还是你哥哥是……"

"我不是，我哥哥也不是，我嫂子是八路军。"

王木秀说完，白恒业和王土墩都傻了。王土墩看着王木秀说："你睁眼说瞎话，你嫂子怎么能是八路？那么文文弱弱的女孩子，能是八路？"

这时候，白恒业有了把柄，嚷嚷起来，说："好呀王木匠，你家私通八路，我去日本人那里告你们！"

王木秀笑了，笑得胸脯一颤一颤的，把白恒业笑蒙了。王木秀说："白叔叔呀，你走南闯北的，挺精明呀，连这个都没看出来？你觉得我哥哥能找到那么漂亮的媳妇吗？"

她这么一说，白恒业脑子里闪亮了一下。是呀，就凭王木林那张鞋底脸，能找到这么水灵的姑娘？这姑娘一看就是大家闺秀，知性而高雅，跟王木林就不是一个层次的人。

王木秀的父母也如坠云雾，催问到底怎么回事。王木秀告诉母亲，邓月梅是八路军兵工厂的，八路军得知玉山哥精通机械制造，就到处寻找他。他们知道我哥哥跟玉山哥是邻居，就让我哥哥当了中间人。我哥哥在外面做生意，折了不少本钱，正好八路军答应给他一笔好处费。明白了吧？

听完王木秀的话，白恒业像是梦游，好半天才醒过来，突然扯着嗓子喊："恶毒，太恶毒了，你们私藏八路，故意害我儿子，让我全家遭殃，我去日本人那里告你们！"

王土墩脑子终于转过弯来了，冲着白恒业说："告吧，有本事你就去，那个女八路跟我家没任何关系，我儿子不是东西，就是为了挣点儿好处费。可你儿子呢？你儿子现在是八路，你现在是八路家属，你全家都是八路家属……"

不等王土墩喊完，白恒业就冲上去，捂住了王土墩的嘴，气喘吁吁地说："别喊，别喊了，你成心要害死我全家呀？"

王土墩终于扳回一局，气哼哼地说："你也知道害怕呀？以后别惹我，惹我就满大街嚷嚷！"

白恒业颓丧地蹲在地上，全身像散了架一样。王木秀上去扶起他，让他坐到椅子上，给他端了一杯水，说："白叔叔，你不用担心，我爹就是说气话，不可能走漏风声的。再说了，当八路也不丢人，咱们中国人不是软蛋，打日本鬼子光荣。我是个女孩子，要不我也当八路去。说真话，玉山哥当了八路，我特别敬佩他，以后你家里有什么事情需要我帮忙，就告诉我，我们全家都会帮你们的，是不是，爹？"王木秀看了一眼王土墩，弄得王土墩一时不知道如何表态。

白恒业气呼呼站起来，大步朝门外走，说："我不稀罕你们帮忙！"

白恒业离去后，王木秀很严肃地叮嘱父亲："这件事一定不要对外声张，白玉山是参加抗日，是中国人的骄傲，可不能让他家里人遭殃。"

王土墩瞪了女儿一眼，说："这点道理我还是明白的。就是搞不清楚，白玉山这种人，也能当八路，白家也成了八路家属。那我觉得，你哥哥也能当八路……"

王土墩挠挠头，似乎因为白玉山当了八路，他王家比白家矮了一头。

九

　　张贵没找到白玉山，康川虽然气恼，但也没有惩罚张贵。白玉山对康川来说，并不是那么重要，八路军的兵工厂才是他的心病。康川当初信誓旦旦，说要在三个月内铲除落脚在栖霞境内的八路军兵工厂。然而他折腾了几次后，毫无收获。县大队在栖霞城四周的山顶上，都派有暗哨，日伪军刚出栖霞城，山顶上的暗哨就能及时发现，准确判断日伪军出兵的方向，然后通知八路军兵工厂做好转移准备。来不及报告的时候，他们就借用古代烽火台的办法，在山顶上点燃柴草，狼烟传信，搞得康川总是无功而返。

　　康川仔细研究了栖霞地图，根据兵工厂的特点，他觉得最可能隐藏的地方就是崮山、方山、艾山和牙山，这些是栖霞境内最隐蔽的山脉，不但植被茂盛，而且比较偏远，附近的村落也稀稀拉拉的，多是穷地方。根据情报，康川已经怀疑八路军兵工厂隐藏在牙山一带。最近几次出兵"清剿"，每次朝着那个方向进发的时候，山顶就会狼烟四起。

　　康川把日军小队长黑田少尉和张贵叫到指挥部，命令伪军配合黑田行动，立即对牙山一带展开"清剿"。他一把抓住张贵的衣领，眼里冒着火花说："兵工厂对皇军大大不利，必须尽快铲除后患！"

　　张贵当即表示，一定效忠皇军，全力"剿灭"兵工厂，但说完之后，一直站在那里不走。日军小队长黑田知道张贵又要跟皇军讨价还价，就对张贵怒目而视，说："你的良心坏了，骗取了皇军那么多军饷、那么多支枪、那么多子弹，可你'围剿'了几个八路？"

　　张贵眨巴着眼睛，说："康川太君，黑田冤枉我了呀！我们对皇军可是忠心耿耿，哪一次战斗，不是我们冲在最前面？上个月，我就死了三个兄弟，这个月又死了五个……"

　　黑田气势汹汹地打断张贵的话，斥责张贵太贪心，要枪、要子弹，一直在跟皇军讨价还价。张贵当即跟黑田理论，两个人越说越冲动，差一点儿动了手里的家伙。黑田一直跟张贵尿不到一个壶里，两个人经常较劲儿，谁看谁都不顺眼。

　　其实康川也恨不得一刀劈了张贵，但他知道在栖霞这块地盘上，跟八路打交道离不开张贵的配合。当过土匪的张贵对栖霞的山山水水了如指掌，走山路比走平地还舒服。

　　"浑蛋！"康川呵斥了黑田。之后，康川转向张贵说："你只要跟黑田君同心协力，'剿灭'流窜到栖霞的八路军兵工厂，我一定会奖赏你，枪，给你，子弹，大大的有。"

　　康川当即许诺，给张贵五条快枪，如果"剿灭"了八路军的兵工厂，赏机枪一挺。张贵立即喜形于色，对康川点头哈腰地说："感谢太君！"

康川挥手，示意张贵可以走了。张贵出门的时候，发现黑田仍旧愤怒地瞪着他，张贵就咧咧嘴，不屑地对黑田翻了个白眼。

张贵出去后，黑田有些忧虑地说："这个张贵，狡猾狡猾的，他利用我们皇军的武器弹药和军饷，趁机壮大自己的队伍。"

康川阴险地笑了一下，说："他就是一条狗，给他块骨头，他才会狂吠，你要把这条狗利用好，明白？"

康川没想到站在一边的翻译官，跟张贵是朋友，很快就把这话传给了张贵。不过翻译官知道张贵的脾气不好，跟张贵报告的时候，一边说着，一边观察张贵的脸色，并没有竹筒倒豆子，一下子全说出来。

张贵看出翻译官犹豫的神色，就不耐烦地说："还有啥？别磨叽，说！"

翻译官赔着小心说："康川还说您是条狗，给您块骨头啃，才咬人……"

张贵转着眼珠子，脸色阴晴不定。突然间，他使劲拍一下桌子，喊道："老子就是条狗，没有好处，我给谁都不卖命！"

翻译官连忙点头，又说："康川说，你是条猎狗，能嗅到兵工厂藏身的地点。"

张贵笑了，说："康川这鳖，还算聪明，给老子的评价不低呀。他还说什么啦？"

"在康川眼里，兵工厂那些人很值钱，杀掉一个就等于杀掉十个、一百个八路。"

"好呀，看样子，我要好好跟他做这笔买卖了。迟早有一天会让他知道，我张贵到底是狗还是老虎！"事实上，在"清剿"八路军兵工厂的事情上，张贵一直没有太用心，他不想跟八路结仇。

翻译官走后，伪军副队长癞子悄悄地说："大哥，我得到一个消息，八路军的一个排驻扎在张家庄，我们今晚偷偷摸过去，给他连窝端了！"

张贵连连摇头，似乎并无兴趣。

癞子不解，挠挠头，说："这可是千载难逢的好机会。"

张贵瞪了他一眼，说："你什么脑子？你把咱们地盘上的八路都消灭光了，咱们吃什么？"

癞子还是不明白，说："八路又没给咱们好处，都是日本人给咱们军饷呀！"

张贵急了，骂起来："他妈的！猪脑子！八路都没了，日本人还会给你军饷、给你枪支弹药吗？"

癞子狠狠拍了几下头顶。他的头顶因为当年生癞子，头发几乎脱光了，留下几块明显的疤痕。他说："大哥、大哥，我明白了，我这会儿脑子特好使，你的意思，咱不能让这块地盘上的八路都死光了，死光了咱就没事儿干了……"

张贵翘了一下嘴角，说："跟着我混了这么多年，脑子还是生铁一块。眼下，八路军那边，咱们少惹他们，花点儿力气对付八路军的兵工厂，这生意值得做。"

癞子连连点头。

张贵挥手说："去吧，集合队伍，配合黑田那孙子去'清剿'八路的兵工厂。告诉弟兄们，都给我长个心眼，别闭着眼朝地雷上踩。"

这时候，黑田已经指挥日军集结待命了，等了好半天，张贵才带着伪军稀稀松松跑过去。黑田狠狠地瞪了张贵一眼，刚要发火，翻译官急忙提醒黑田，说康川太君有令，皇军务必跟张贵同心协力"围剿"八路军的兵工厂。

黑田忍下这口气，挥手示意队伍出发。

黑田坐在一辆三轮摩托车上，身后跟着三十多个日军，再后面是七八十个伪军。他们出东城门，顺着蜿蜒的公路，朝连绵起伏的山岭进发。

县大队长刘好很快得知日伪军出城了，但一时弄不清他们的真实意图，于是带着县大队的队员，提前埋伏在俗称"十八盘"的山脚下，做好伏击敌人的准备，同时在山路上埋设了地雷。所谓的"十八盘"，就是这条山路上有十八个急拐弯，而且山势险峻，最适合打伏击战。

眼看黑田就要进入县大队的伏击圈了，他却突然命令日军停止前进，然后朝身后的伪军挥手，示意伪军前面开路。癞子气呼呼地对张贵说："你看见了吧，大哥？他们不把咱们兄弟当人，让我们在前面送死。"

张贵狠狠地骂了一句："我操黑田的小娘。告诉弟兄们，散开了走。"

伪军散开队形，稀稀拉拉往前走。走在前面的，如履薄冰，似乎一只手已经摸到阎王爷的屁股了。伪军的队形拉得太散了，刘好命令队员沉住气，放过了前面的伪军，等到日军进入雷区后，他们才拉响地雷，当即就有一个日本兵被炸翻了。地雷炸开后，刘好和队员们一起朝山下的日伪军开火。按说这时候，走在前面的伪军，应该掉转方向支持黑田，可张贵却命令伪军撒开脚丫子逃跑，很快钻进了前面茂密的树林，无影无踪了。

黑田咆哮着，命令日军跟县大队展开对攻。日军具有很好的战斗素养，短暂的慌乱后，迅速形成战斗小组，依托地形、地物投入战斗。一挺机枪和两门小钢炮发威，一下子就把县大队的火力压制下去了。本来，刘好也没想跟敌人正面交锋，打了十几分钟，就命令队员撤退。按照往常的经验，只要他们撤进树林里，日军就不敢贸然追击了。但这一次，黑田像疯狗一样，命令日军不依不饶地追赶县大队。队员们都来了精神，说："小鬼子想跟咱们在山里玩捉迷藏，那他们可死定了。"

正当大家诱惑敌人继续深入山里的时候，刘好突然觉得不对劲儿，怎么不见伪军了？他心里咯噔了一下，立即命令一个队员，快速去给八路军兵工厂报信，让他们转移到牙山以外安全地带，同时命令队员们不准恋战，快速摆脱敌人，向兵工厂方向转移。

刘好猜想得没错，狡猾的张贵摆脱了县大队的伏击后，直奔牙山脚下而去，只要找到了兵工厂，既逃脱了县大队的伏击，又不会遭到康川和黑田的惩罚。

此时周海阔已经听到了枪声，让警卫排去前方打探消息了，接到县大队的报告后，他命令各小组抓紧转移。兵工厂的瓶瓶罐罐太多，有炼铁炉、柴油机、风箱、车床，还有破铜烂铁，转移起来很麻烦。但对于工人们来说，这些东西都是宝贝，一件都不舍得丢。有些珍贵机械，他们甚至可以用生命去换取。

　　物品虽多，但由于经常遭遇敌人"围剿"，他们已经形成了一整套转移方案，什么情况下应该抢运哪些物品，都是有次序的。能带走的带走，不能带走的就地掩埋起来，而且各班组都有明确分工，并不显得慌乱。

　　根据判断，敌人这次行动，目的并不明确，也就是说并没有发现兵工厂的确切位置。于是，兵工厂的工人们把辎重家伙就地掩藏，等敌人"扫荡"过后再来取走。

　　王木林本来应该去掩埋物品，可他一听到要打仗，就兴奋起来了，提着枪跑到警卫排刘排长面前，正好遇到了周海阔。

　　"你不组织转移物资，跑这儿干什么？"周海阔训斥道。

　　王木林说："转移物资的事情用不着我，我来帮刘排长一把。"

　　在兵工厂，刘排长跟王木林最热乎，平时总跟他聊几句，听了王木林在县大队的战斗经历，心里挺佩服他的，甚至觉得让王木林待在兵工厂，实在太浪费了。而王木林则羡慕刘排长身上的八路军服装，有时候会偷偷穿上走几步，找找感觉。他总是跟刘排长说："打仗时需要我的话，你就说话。"

　　这个时候，刘排长确实需要王木林，兵工厂二百多号人，虽然人人能战斗，但真正会打仗的没几个。王木林就属于会打仗的家伙。刘排长跟周海阔请示，让王木林参加战斗，周海阔答应了，并把警卫排的战士分成两组，他跟刘排长带领一组在前面探路，让政委陈景明和王木林带一组，在后面保护兵工厂人员转移。

　　布置完任务，王木林转身要走，被周海阔一把抓住，说："这个人交给你，不能有一点儿闪失！"

　　周海阔把身边的白玉山交给了王木林，身后还跟着槐花。王木林瞅了白玉山一眼，白眼仁儿多黑眼仁儿少，那意思是说，拖油瓶的货！

　　尽管兵工厂的动作很快，可张贵太熟悉地形了，他带领伪军从牙山后侧的一条小路翻过山，而且走的就是周海阔他们转移的路线，正好迎面碰上了。张贵手下的这群王八蛋，过去就是住在山上的土匪，走山路比走平地还舒服。周海阔带领工人刚翻上山顶，这帮孙子已经封住了他们下山的去路。

　　刘排长最先跟伪军干上了，而且一上来就是鱼死网破的阵势，战斗非常激烈。刘排长明白，向后撤退已经来不及了，今天就算拼到最后一个人，也要打开一个缺口冲下山去。山的背后，就是茫茫林海，那是他们最安全的地方。

　　王木林担心刘排长顶不住，带领战士们赶过去帮忙。他跑得跟兔子一样快，不停地对身后的白玉山喊："跟紧我，跑丢了，你就没命了！"

　　白玉山心里有些害怕，毕竟是第一次经历战斗的场面，子弹从耳边呼呼地飞，随时都可能见阎王去。这时候，他平时那种玩世不恭的神色不见了，一脸惨白。他觉得要从伪军把守的山头突围出去，太难了，于是就想退回去，藏到村子里。他并不知道，村子里不但不安全，还会给老百姓带去灾难。

　　趁大家不注意，白玉山弯腰钻进了一蓬乱树丛中。其实槐花一直监视着他，发现他溜掉，立即追赶过去，嘴里不停地喊叫。白玉山在山路上跑不赢槐花，他刚从树丛里跑到小路上，槐花已经提前赶到了，叉腰站在小路上等候他。槐花说："白玉山，回去！"

白玉山并不把槐花放在眼里，他朝槐花冲过去，想把槐花撞开。突然间，槐花从怀中掏出那颗手榴弹，握在手里，做好了拉弦的准备。"白玉山，你再跑，我就炸死你！"槐花大喊。这个动作，她平时已经想了好几次了。

白玉山吓傻了，他没想到槐花怀里还藏着手榴弹，更没想到槐花这么凶悍。没办法，他只能老老实实跟着槐花回去了。

周海阔看到槐花和白玉山从树丛里钻出来，吓了一跳，问他们干什么去了。槐花平淡地说："他去撒尿了。"

此时，有一伙伪军从侧翼迂回包抄过来，周海阔发现后，指挥兵工厂的工人，把这股伪军压制下去。槐花也参与了战斗，她手里没枪，就朝山下滚石头。白玉山也不能傻站着，学着槐花的样子也朝山下扔石头。这时候，他才觉得八路军的武器太落后，手里最多的武器是兵工厂自己造的手榴弹，还有几条汉阳造步枪。他焦急起来，心想要是有一挺机枪架在山顶上，前面的伪军就会像割韭菜一样，成片倒下去。

白玉山忍不住抓起一颗手榴弹，朝伪军甩出去，手榴弹在伪军当中炸开，竟然没炸死一个敌人，他又拿起一个手榴弹甩出去，这次更糟，手榴弹根本没爆炸。

"他妈的，这什么破手榴弹呀？！"他扯着嗓子骂起来，转身从邓月梅手里抢过了步枪，可摆弄了半天，竟然不会使用。

"什么破枪！"他又喊，使劲丢给了邓月梅。

周海阔听了，就说："要是家伙顶个儿，早把这些孙子打得稀里哗啦了，我就等你给我琢磨点儿新家伙呢！"

战斗持续了二十多分钟，有七八个伪军倒下了。这时候，刘好带领县大队的队员，摆脱了日军的纠缠，赶来接应周海阔。张贵觉得这仗不能打了，尽管县大队的武器不如自己，可他们打起仗来不要命，这么拼下去，就算把兵工厂的八路全部消灭了，他手下也差不多死光了，不划算。再说了，他本来也没打算一下子就把兵工厂连窝端了，那样的话，他还怎么跟康川讨价还价做生意？

这么想着，张贵突然心生一计，命令手下闪开了一条通道。

不管是鳖精还是狐狸精，只要成了精的东西，就一定有他的道行。张贵也算是个老狐狸精了，如果不是足够狡猾，他也不能降服众人，成为土匪头子，在栖霞一带生存下去。他心里琢磨了，八路军的兵工厂就在山下这个圈圈内，他们匆忙突围，很多设备一定不能携带，只能就地隐藏起来，等到风平浪静之后，又会转回来，继续安营扎寨。

癞子不明白张贵的意图，看着八路军兵工厂的人马从眼皮子底下突围出去，又傻乎乎地问："大哥，煮熟的鸭子咋又让它飞了呢？"

张贵得意地笑了，说："蠢猪，他们能飞哪儿去？实话告诉你吧，他们现在就是我水缸里养的鱼，随时可以捞取几条，去跟康川那鳖儿子论价钱。"

兵工厂的人马刚突围出去，黑田就带着日军小队追击过来，张贵心里很得意，要是黑田早点儿赶过来，一定不会把兵工厂的八路放走的，必然逼迫他手下的弟兄们去送命。

伪军打扫战场，找到两具兵工厂工人的尸体，还有几件兵工厂的生产工具。黑田走到张贵面前，张贵急忙向黑田报告，说他们"围剿"了兵工厂的八路，可惜寡不敌众，让他们逃跑了。

黑田被张贵抛弃了，憋了一肚子气，抬手给了张贵一个嘴巴。

张贵并不在意黑田的态度，他命令手下抬着那两具尸体和一些战利品去康川面前理论了。他对康川说，自己带领弟兄们冲破了县大队的伏击圈，堵住了兵工厂八路的去路，可是黑田小队长行动迟缓，一直没有赶上来增援，后来弟兄们实在顶不住了，几乎到手的鸭子又飞了。

"我有几个兄弟，把命都丢了……"张贵说着，一副很痛心的样子。

一边的黑田刚要发火，被康川狠狠瞪了一眼，又忍住了。

康川夸奖张贵，说他干得好，并奖赏了几杆快枪，希望他继续"围剿"军兵工厂，不给兵工厂喘息之机。

张贵回到自己院子里，立即让癞子去寻找一个叫李志新的人，这个人就住在八路军兵工厂附近的村子。张贵说："我有一步好棋走给你看，学着点儿吧你。"

十

兵工厂的人马转移到茫茫森林后，这才停下来休整，检查人员伤亡情况。白玉山跑掉了一只鞋，脚底已经血肉模糊了。周海阔把自己的鞋子脱下来，给白玉山穿上，尽管大了一点儿，但总比赤着脚舒服。

天黑时分，出去侦察的战士返回来，报告了外面的情况。日伪军并没有对附近村庄展开搜索，掩埋在兵工厂附近的物资完好无损。

周海阔和政委陈景明在树林中召开了一个临时会议，讨论兵工厂的去向。县大队长刘好说："日伪军对牙山一带进行了'清剿'，短时间内不可能再来了。"

周海阔觉得有道理，目前最安全的地方仍是高家沟，兵工厂暂不转移。再说，他们跟伪军遭遇的山顶，距离高家沟十多里路，山这边有十多个村庄，敌人很难判断兵工厂隐藏的地方。于是，兵工厂在县大队的掩护下，趁着夜色又返回了原来的厂房。

这次突围让白玉山很窝火，回到兵工厂后，他再也闲不住了，仔细研究了兵工厂生产的手榴弹，很快就找到了杀伤力差的原因。他告诉周海阔，现在的手榴弹，几乎就是一块整铁铸造的，爆炸后产生的碎片很少，如果将手榴弹制造成龟壳形状，爆炸后会产生很多铁片，具有大面积的杀伤力。

周海阔听了，觉着有道理，陪着白玉山在车间鼓捣了两天，生产出几十枚手榴弹，然后拿到山坡上做实验，爆炸后果然会产生许多碎铁片。周海阔兴奋极了，对政委陈景明说："你看呀，不说别的，就说手榴弹的改造，我给他吃的那几只鸡，值了！"

当然，周海阔的胃口远远没有满足，他告诉白玉山，现在生产的地雷，经常在运送过程和掩埋的时候发生爆炸，应想办法解决这个问题。白玉山就抱着一颗地雷琢磨，晚上睡觉的时候也搂在怀里。周海阔见了，一个劲儿感叹，说白玉山这家伙，做事情肯钻研，是一块难得的好料。"政委，你抓紧时间改造他的思想，一定想办法把他留下来。"他对陈景明说。

几天后，白玉山想出点子了，他制作了一个木塞，把地雷的引火帽插入木塞内，让引火装置跟雷体分开，等到埋设地雷的时候，再去掉木塞，将引火装置插进雷体内，很容易就解决了难题。

这下子，兵工厂的人对白玉山另眼相看了，虽然他依旧每天吃肉喝酒，大家心里却不那么憋气了。尤其是槐花，她突然有了一种成就感，似乎白玉山对兵工厂的贡献是她的功劳。再看到白玉山的时候，槐花脸上有了笑容，而且也更用心地照顾他了。

白玉山感觉到了槐花对他态度的变化，没事的时候就跟槐花说说话，给槐花讲他在船上的故事，讲他去过的那些国家的见闻。这些故事对槐花来说，确实很有吸引力，有时候她听得呆呆地出神，有时候又忍不住咯咯笑。她的神态让白玉山想起了烟台怡红院的小白菜。

说笑归说笑，槐花并没有放松对白玉山的警惕，怀里始终揣着那颗手榴弹，跟白玉山单独在一起的时候，总要保持一定距离。有一次，白玉山看着槐花红扑扑的脸蛋，忍不住伸手捏了一下。槐花像被黄蜂蜇了一般，慌张地叫了一声，随即给了白玉山一巴掌。她的动作非常迅速，白玉山根本没来得及躲闪，半面脸结结实实挨了一巴掌，很快浮肿起来。

"再敢动我，把你的爪子剁了去！"槐花厉声呵斥。

白玉山没想到槐花性格这么暴烈，捂着脸敢怒不敢言。

兵工厂一位工人正好从白玉山和槐花身边走过，就看到了这一幕。大家都知道王木林喜欢槐花，槐花也喜欢王木林。这位工人见到王木林，就把看到的景象说了。王木林撒腿朝白玉山宿舍跑去，在茅屋前遇到了白玉山，二话不说，把他拖进屋子。槐花在一边想阻拦，说："木林哥，你打他违反纪律，让周厂长知道了，要受处罚的。"可王木林根本听不进槐花的话，结结实实地给了白玉山一顿拳脚。

"你要再敢动槐花，我就把你当猪阉割了！"王木林说完，气呼呼出了屋子。

槐花急忙去扶白玉山，帮他清理脸上的尘土。白玉山推开槐花，不让她擦掉他鼻孔下的血迹，说这是证据。槐花刚才说得没错，王木林打他违反纪律，上次打他就蹲了禁闭，这次也不能饶过他。白玉山挣扎着跑到院子里，放声喊叫起来："打人了——出人命了，打死人了！"

　　槐花忙去捂白玉山的嘴，可白玉山杀猪一般的喊叫声已经传出很远了，当即就有十几个人跑过来，不知道发生了什么事情。白玉山疏忽了一个问题，上次王木林打他，是因为跟他争吃肥肉，而这次打他，却是因为他动了槐花的脸蛋儿，两者有本质的区别。因此当大家明白怎么回事后，又有几个人趁乱狠狠地踢了他几脚，嘴里骂道："猪狗不如！"

　　这天，厂长周海阔不在兵工厂，去下面村子跟村长商量事情了。政委陈景明闻讯赶过来，得知事情经过后，很恼火，当即找到白玉山，给他讲抗日救亡的大道理，说："八路军是人民的子弟兵，为了中华民族之存亡，为了我们的兄弟姐妹不受欺负，我们舍命打鬼子，你整天吃肉喝酒还不满足，还想那些花花事情，真是无耻。"

　　白玉山就说："我不是八路军。"

　　"你是八路军兵工厂的技术员！"

　　"我是被你们绑架来的，什么都不是！"

　　陈景明指着白玉山的鼻子说："是，你什么都不是，连个男人都不是！"

　　白玉山说："你才不是男人，连女人都不想，你算什么男人！"

　　陈景明有些怒不可遏了，命令警卫排长把白玉山关押起来。

　　周海阔从村子里回来后，得知陈景明把白玉山关了禁闭，忙去了陈景明宿舍，替白玉山说情，说对白玉山的教育要慢慢来，强硬不得，他又不是革命队伍里的人，关他的禁闭不合适。

　　陈景明说："我不是关他的禁闭，是要把他轰出去！这种人不能留，今天他对槐花动手动脚的，明天还不知道做出什么丑事来！"

"政委，这件事交给我处理好不好？"周海阔说。

"你？白玉山就是让你宠坏了。我说老周，你有点儿政治觉悟好不好？白玉山这种人就不适合留在我们队伍里！"

"我承认，白玉山是有毛病，而且很严重。不过，在中华民族生死存亡的关键时刻，我们要团结一切抗日力量，把日本侵略者赶出去。我们共产党不计前嫌，跟国民党都联合抗日了，像白玉山这样的人，怎么就不能团结了？政委呀，讲大道理，我讲不过你，可我观察，白玉山不是个坏人，做事情非常认真，只要我们能把他改造好，他就一定能帮我们大忙，为抗日做出贡献。"

"那好，你一定要留下他，可以，咱们开个党支部会，让大家来讨论白玉山的去留问题。"

周海阔叹了一口气说："那好吧，咱们吃过午饭后开会研究。"

周海阔离开陈景明的屋子，就去找党支部几个成员私下沟通，说明利害关系。"咱们要哄着白玉山，把他哄高兴了，他才会给咱们卖力。他的毛病咱们慢慢收拾，不能太焦急。就像一棵长弯了的小树，要一点点顺直了，猛地使大力气，就折断了。"

尽管大家心里都恨着白玉山，但觉得周海阔的话有道理，眼下兵工厂确实需要白玉山。王木林不同意，说："白玉山是'狗改不了吃屎'，留在这里是祸害。"

周海阔不高兴了，说："你是好货吗？跟你说多少次了，遇到事情要冷静，你改了吗？告诉你，你动手打白玉山的事情，我还没处理你哩！"

王木林就不吭气了。周海阔缓和了语气说："你想想，王木林，要是把白玉山赶走，谁帮我们研制新武器？前方部队每天都在跟日军打仗，早一天研制出新武器，就能更好地杀伤敌人，减少我们的伤亡。"

王木林想了想说："留下可以，我去伺候他，让槐花离他远一些。"

周海阔说："你去伺候他？嗨，就你这脾气，我还不了解你？再说了，他心里恨死你了，你们俩在一起，不出人命才怪呢。"

"我真后悔，我就不该把他弄来。"

"你怎么这样说话？我告诉你，下午开会，会上你要是给我乱说话，我肯定收拾你！"

周海阔把一切都安排妥当后，吃过午饭就催着政委陈景明开会。天气很好，太阳暖暖的，大家就坐在一面山坡上开会。邓月梅随手掐了身边的一朵野菊花，插在头发上，招惹了许多目光。陈景明的目光也落在了她的头顶上。

人员都到齐了，陈景明首先把白玉山的劣迹数落一遍，然后说明开会的目的："你们表个态，这样的人，能留在我们革命队伍里吗？邓月梅，你先说，白玉山这种人在你身边，你觉得安全吗？"

陈景明一直对邓月梅有点儿意思，邓月梅也感觉到了，但故意装得很麻木。她不喜欢陈景明。邓月梅显得有些茫然，说："怎么不安全？他吃人呀？"

众人哈哈笑了。

看到邓月梅不反对留下白玉山，王木林也急忙表态，说："我跟邓月梅把白玉山弄回来，差点儿把命丢了，为了啥？为了让他给咱们兵工厂卖力，就这么放走他，太便宜他了，咱们要把这个王八蛋的油水榨干了再说！"王木林说这话的时候，牙齿咬得嘎吱响。他从心里恨死白玉山了。

周海阔咧嘴笑了，说："这话说得对，现在放走，便宜了他。哎，政委，咱们是不是研究一下，给王木林和邓月梅一次嘉奖？上次他们的任务完成得非常出色……"

陈景明打断周海阔的话，说："今天是研究白玉山的问题，不研究别的事。"

接下来，大家一个个表态，都说应该留下白玉山。陈景明似乎明白了，站起来拍拍屁股就走。周海阔忙喊住他，说："你没表态，怎么就走了？"陈景明气呼呼地说："少数服从多数！不过老周，党内不准搞小动作，不准拉帮结伙。"

陈景明走远了，周海阔忍不住笑起来。笑过后，他认真地对大家说："现在前方部队急等着武器弹药，每天都在流血牺牲，很多双眼睛看着我们呢。"众人脸上的表情都严肃起来。邓月梅悄悄把头上的野菊花摘下来，攥在手里。其实每个人心里都很焦急，都想多生产一颗子弹送到前线官兵手里。

周海阔接着说："对于白玉山，我们都要去关心他、感动他，帮他慢慢改掉坏毛病。我还是那句话，白玉山不是坏人，如果改造好了，能给我们兵工厂做出很大贡献。我们不但要研制掷弹筒，还要制造七五和八二迫击炮，一切为了前线，这就是我们最执着的信念。"

"一切为了前线，这就是我们最执着的信念。"这句话从此成为兵工厂每个人的座右铭，深深刻在每个人的心里。

会议之后，白玉山就被释放了。

白玉山被关押的时候，心里一直在想怡红院的小白菜。他想，这些日子，小白菜得不到他的音信，不知道会急成什么样子。想到这儿，白玉山就觉得兵工厂一天也不能待了，他必须离开这里。被释放出来后，他就去找周海阔请假，说自己要回烟台一趟。周海阔问他回去干什么，他干脆说了实话，说想女人了，要去烟台找老相好的。周海阔自然不会答应，说这种事情习惯了就会好的。"我就不信，你不想女人？"白玉山问周海阔。

周海阔摇头说："不想。我要想的事情太多了，都快愁死了，哪有空想这些。你要是把精力用在琢磨新式武器上，也不会想的。"

"不行，我想，我要回去找小白菜！"白玉山扯着嗓子对周海阔嚷。

周海阔说："行呀，你帮我把掷弹筒鼓捣出来，我就让你去怡红院找你那相好的，不过要有人陪着你去，再把你安全地带回来。"

白玉山心里盘算，只要我出去了，那就是飞出笼子的鸟，你们别想再把我带回来。于是他就答应了，说："我没见过掷弹筒什么样子，你要给我找来一个看看，只要我看到了，就能造出来。"

周海阔使劲拍了一下巴掌，就算跟白玉山达成交易了。

栖霞县大队曾缴获了小鬼子一枚掷弹筒，周海阔派人去借，大队长刘好不答应，说他们县大队就这么个宝贝疙瘩，搞坏了怎么办？周海阔许诺说，兵工厂研制出掷弹筒后，首先配备给县大队使用，刘好这才同意了。说实话，刘好不想得罪兵工厂，他以后还想跟兵工厂要武器弹药呢。

白玉山拿着掷弹筒琢磨了半天，觉得这东西太简单了，对他来说根本不用动脑子。他指挥工人们在院子当中架起了炉子，安装了一个超大风箱，把兵工厂的破铜烂铁丢进大炉子里二次冶炼。王木林跟几个小伙子喊着号子拉风箱，汗流浃背。白玉山却坐在一边享清福，他的面前放了一块木板，上面摆了两个小菜、一壶小酒，慢慢吃着喝着。这景象，谁看了心里都憋气，这不是成心气人吗？

政委陈景明走到白玉山身边，恨不得一脚踢翻了酒壶。他说："白玉山，把你这些狗屁东西收起来，要喝酒，回屋里喝去！"白玉山指了指炼炉说："那不行，我要盯着点儿，别出了差错，我要进屋也行，出了差错别赖我。"陈景明气得不知道说什么好，干咽了一口唾沫。

白玉山带着大家折腾了两天，冶炼出一炉铁水，浇铸在他设计的模子里，然后在一个破车床上鼓捣了一天，终于制造出两枚掷弹筒。周海阔围着掷弹筒转了好几圈，那份激动就像看到自己刚出生的孩子。

"这家伙，能行吗？"周海阔问白玉山。

白玉山说："没问题，要是不行，我吃了它。"

周海阔笑着说："别别，你真吃了，我还舍不得呢，走，试试去！"

周海阔抱着掷弹筒到了山沟，那里有一个山洞，专门试验武器用的。他亲自把一枚手榴弹塞进掷弹筒内，"轰"的一声发射了出去。周海阔激动地跳起来，对白玉山竖起大拇指，说："你小子行呀，我要给你请功。"

县大队长刘好听说兵工厂研制出了掷弹筒，忙跑来讨要。政委陈景明跟刘好解释，说兵工厂只研制出两枚掷弹筒，等到大批生产后，一定会给县大队的。刘好有些急了，当初周厂长说得丁是丁卯是卯，承诺制造出掷弹筒后，最先给县大队使用。陈景明说："周厂长外出执行任务了，等他回来，你跟他理论。"

刘好才没耐性呢，他几乎是将两枚掷弹筒抢走的，临走还丢下一句话："有意见，让周厂长回来后去找我。"

刘好把掷弹筒扛回去后，就想测试一下它好不好用，可又舍不得浪费弹药。恰好观察哨来报告，说张贵手下的十几个伪军到县城附近的村子牵牛赶羊的，胡作非为。刘好嘿嘿笑了，骂道："孙子，就让你们给我当靶子！"

他带上四名队员，抱上掷弹筒，埋伏在伪军回来的路上。

十几个伪军抬着猪羊，哼着小曲回来了。刘好命令第一枚掷弹筒开火，就听到"轰"的一声，两个抬着猪的伪军被炸飞了。嘿，威力不小呀！刘好命令第二枚掷弹筒开火，由于太兴奋，他甚至冲着伪军高喊："狗孙子们听着，我刘好手里有新家伙了！"

第二枚掷弹筒开火了，又是"轰"的一声，然而前面的伪军一个没倒下。刘好感觉不对劲儿，回头一看，操作掷弹筒的两个队员被炸飞了，掷弹筒冒着青烟。他跑过去一看，掷弹筒炸膛了。

此时，趴在石头后面的一个伪军看出了破绽，立即叫嚷起来，带头朝刘好冲了过去。刘好急忙命令其他两名队员，抬着伤员撒腿就跑。伪军们不肯轻易放过他们，在身后追出好几里路，边追边喊叫："别跑呀，让大爷看看你手里的新家伙——"

刘好憋了一肚子窝囊气，却不敢停下来跟伪军对阵，后悔出来时没多带几名队员。他原本只是想用十几名伪军当靶子，试验一下掷弹筒的威力，没想到打蛇反被蛇咬。

尽管摆脱了伪军的追赶，但一名伤势严重的队员还是牺牲了，刘好气愤地跺着脚，拎着炸了膛的掷弹筒，跑到兵工厂问罪。政委陈景明一看爆炸了的掷弹筒，心里也憋着一股怒火，告诉刘好说："你跟他算账吧，我是坚决不要这个丧门星了。"

由于白玉山在兵工厂的人缘太差，当即就有几个人骂了娘，把白玉山在兵工厂的劣迹数落了一通。刘好听了更是生气，说见到白玉山后，一定好好收拾他一顿。

白玉山被人从睡梦中揪了起来，睁开惺忪的眼睛一看，县大队长刘好怒气冲冲地站在他面前。"起来！看看你鼓捣的破玩意儿！"刘好把爆炸的掷弹筒摔在白玉山面前。白玉山瞥了一眼，根本没往心里去，转身又闭上了眼睛。

刘好想起牺牲的队员，愤怒地抓起白玉山一顿痛打。白玉山也急了，抢起一根铁管扑向刘好，完全是一副拼命的样子，打得刘好难以招架。刘好拔出手枪，对准白玉山说："你再动，我就毙了你！"然而死亡已经无法威胁白玉山了，他只是愣怔了几秒钟，之后迎着刘好的枪口冲上去。刘好毕竟是县大队长，不可能私自开枪处决白玉山，只能躲闪着逃出屋子。白玉山想都没想，跟着追了出去。出了屋子，白玉山可就没了优势，刘好随便捡起一根木棍，左右抵挡白玉山的铁管。白玉山挥舞铁管毫无章法，而刘好的一招一式都训练有素，在抵挡的同时袭击白玉山，下手挺狠，一棍击中白玉山的腿上，只听白玉山惨叫一声，抱住一条腿倒在地上打滚儿。

周海阔闻讯赶过来的时候，看到的就是白玉山痛苦打滚的场面。一向沉稳的周海阔此时也动了肝火，从刘好手中夺下木棍，狠狠地朝刘好劈去，如果不是刘好躲得快，吃上这一棍，他要躺三天。刘好见周海阔下手这么狠，有些心虚了，说："周厂长你凭啥打我？他鼓捣的破掷弹筒，炸死我一名队员，你知道吗？"周海阔根本不跟刘好说话，他转身朝政委陈景明瞪眼，因为在刘好跟白玉山厮打的时候，陈景明站在一边看热闹，根本没上去制止。看热闹的还有王木林等五六个兵工厂人员，没有一个人站出来劝架的。这一点最让周海阔愤怒。

"政委，你是做政治思想工作的，我没有你水平高，但我知道无论什么原因，无论谁对谁错，打架就是错误的，就应该立即制止。而你带头看热闹，你以后还有什么资格做别人的思想工作？！你们都恨白玉山是吧？那你们干脆打死他吧，打呀？！王木林别傻站着，抄棒子打，我们一起打死他！"周海阔把手里的木棍丢给刘好，刘好没敢接，木棍掉在地上。周海阔又捡起来，丢给王木林，王木林也吓得往后退。

"我不要，我不要，你给我木棍干啥子，又不是我打他的……"王木林吓得一个劲儿退缩，仿佛那根木棍会吃人。

陈景明觉得自己不站出来说句话，怕是不行了。他有些尴尬地说："老周，你别太冲动，我还没来得及跟你汇报……"

"汇报个屁！我都知道了，掷弹筒爆炸了，有的同志牺牲了，我心里也不好受，可你们不能把责任都推给白玉山。你们在战场上从来都没打过败仗吗？吃了败仗，回来就枪毙你们，能行吗？失败了，要总结教训，下次不再吃败仗！我今天给你们把话说白了，今后谁再动白玉山一下，别怪我不客气！他的命比你们的命都值钱！我再说一遍，我周海阔可以死，可白玉山不能死！"

周海阔这句话，像钉子一样牢牢地钉在陈景明心中，他明白白玉山在周海阔心中的分量了。

十一

白玉山吃了刘好一棍子，一条腿肿得无法弯曲了，走路只能拄着拐杖。好在木棍是从身后击中腿部的，如果从前面扫过去，白玉山的这条腿就报废了。邓月梅采了一些草药，捣烂后敷在白玉山腿上消肿。对于刘好这一棍，邓月梅也耿耿于怀，说刘好也太狠了，就算白玉山有错，也不能一棍子打死他呀。

毕竟，白玉山是邓月梅和王木林费了不少心思才弄到兵工厂的。最初邓月梅也是抱着怀疑的态度观察白玉山，但这些日子的接触，她觉得白玉山不是一个坏透的人。

这一次，白玉山没有赖在床上，而是拄着拐杖在车间工作。"我周海阔可以死，可白玉山不能死！"周海阔的那番话让白玉山心里很感动，他确实没想到自己在周海阔心里那么重要。

白玉山很快就找出了掷弹筒爆炸的原因，他冶炼的那一堆废铜烂铁不适合制造掷弹筒，必须找到上等的原材料。就在这时候，一个走村串户收废铜铁的人，出现在兵工厂下面的高家沟村，独轮车上推着几块上等的钢管。

他叫李志新，就是张贵吩咐癞子去寻找的人。

李志新是一个铁匠的儿子，小时候读过两年书，因为家里贫穷读不下去了，就跟着父亲打铁了。几年前的一个夜晚，他拦路抢劫，用铁锤打死了一老一少，抢走了人家的财物，正好让当土匪的张贵遇见了。张贵心想，在这块地盘上还有人跟我抢食吃，好大的胆子。他让手下把李志新绑到树上，狠狠教训了一番。李志新求饶，说因为给父亲治病，欠下村里财主不少债，把二亩薄地卖了，仍没有还清，财主天天到家里闹，实在逼得无路可走了，才出来拦路抢劫，想弄几个钱还债。

张贵听了，说："你想干这一行，现在就投靠老子，你要不答应，我就送你上西天！"

李志新慌忙摆手，说："家中还有一个生病的老母亲，需要照顾，我要出来了，老母亲会饿死的。这位爷，我给你磕头了，有一天老母亲不在人世了，我再来跟你混，好不好？"

张贵家中也有一个老母亲，虽然他杀人抢劫的手段非常残忍，但对母亲非常孝顺。他听了李志新的话，动了恻隐之心，说："你家中真的有老母亲？那好，我放你回去，你要是说谎，爷爷就送你上西天，要是实话，这几块大洋，就是你的了。"

张贵把几块大洋交给两个土匪，押送李志新回了家，果然发现家中有一位卧床不起的老母亲，土匪就将几块大洋丢给了李志新。从此，张贵成了李志新的大恩人。

因为要寻找兵工厂，张贵心生一计，想到了铁匠李志新。癞子按照张贵的吩咐，很快把李志新带来了。见了张贵，李志新扑腾跪倒磕头，说："当初没有您帮忙，我恐怕早就死了。"

张贵问："你老娘还好？"

李志新说："托您的福，我老娘的病好了，身子骨越来越结实了。"

张贵又问："你的铁匠铺还开张吗？"

李志新说："开，好赖有口饭吃。"

张贵笑了，悄悄在李志新耳边嘀咕几句，然后说："我把你老娘接出来养着，你放心替我做事，我可说好了，你要是给我耍滑头，别说你的小命保不住，就连你老娘……"

张贵让李志新利用铁匠的身份当掩护，想办法混进兵工厂，成为张贵的眼线。李志新当即发誓说："我这条命是您给的，您让我上刀山下火海，我都去做。只是……我老娘在村里住习惯了，还是别惊动她了。再说了，您把我老娘接走了，村里人会私下嘀咕的。"张贵一想，也对呀，如果把李志新的老娘接进县城，事情也就败露了。张贵笑着夸赞李志新有脑子，以后肯定能成大事。当即，张贵跟李志新约定了几个固定的送信点，有的在山沟大石头下，有的在县城附近的店铺。巧合的是，其中设在县城外集市上的联络点，竟然跟中共栖霞县委地下党组织的联络点相隔不远，一个是小吃摊，一个是小药店。开药店的老板是个赌徒，跟张贵认识多年，若没有张贵的照应，药店早就开不下去了。当然张贵也不是白帮忙的，老板身边的三姨太早被张贵睡过了。

尽管李志新也是穷苦人家出身，但喜欢走歪门邪道，而且天生就是当奸细的种，进入角色非常快。他推着独轮车，整天在兵工厂附近的几个村子转悠，寻找兵工厂的下落。这天，他转到了高家沟村，刚进村子就被民兵拦住。为了提防日军和伪军的"扫荡"，县大队在各村成立了民兵队。由于兵工厂驻扎在高家沟上面的山林中，所以高家沟民兵的武器装备不错，有三条步枪、几十枚手榴弹，还有几把大刀。高家沟的民兵队长高玉堂，是一个胆子贼大的家伙，多大的"马蜂窝"都敢捅。有一天晚上，他竟然带领村里几个民兵，到山外的鬼子据点放了一把火，想浑水摸鱼，缴获炮楼内的一挺机枪，结果行动失败，不但没捞到一点儿好处，还白白浪费了他们几枚手榴弹和几十发子弹，让高玉堂心疼了好几天，一直想找机会捞回来。

高玉堂见到了李志新，觉得自己运气太好了，兵工厂到处在寻找上等的钢管，想不到让他撞上了。他急忙带着李志新上山，去见周海阔厂长，趁机跟周海阔讨要子弹。周海阔正为优质钢管伤脑筋，准备派人去烟台搞一批，看到李志新小推车上的钢管，忙问从哪里弄来的。李志新说是走街串巷收上来的，家里还有一些存货。周海阔让民兵队长高玉堂跟随李志新回家里，取回了几十条长短不一的钢管。周海阔脑子有些疑惑，走街串巷能收到这么好的钢管？李志新解释说，这些上等的钢管是从附近的金矿收上来的，金矿的井需要上等的钢管做支架，一些损坏的废钢管就被工人偷偷拿出去卖了。这么一说，周海阔心里踏实了，这种钢管也只有金矿上才会有。

其实，这些钢管是张贵专门送给李志新做诱饵的，张贵知道八路军的兵工厂缺的就是这些东西。周海阔提出购买这些钢管，李志新不肯收钱，说："八路军是帮老百姓打鬼子的，别说要几根钢管，就是要我的脑壳，我都愿意给。"

周海阔派人去调查了李志新的底细，得知李志新出身贫寒，家里有一个老母亲，日子过得很紧巴。李志新平时话语不多，为人老实，由于家境贫寒，一直没娶上媳妇。摸清底细后，周海阔就动员李志新到兵工厂当工人，眼下兵工厂正需要铁匠。李志新痛快地答应了，说："我光棍一个，无牵无挂，走到哪里都是家。能帮咱们八路军干活，我愿意！"就这样，李志新顺利进入兵工厂，从此成了张贵的眼线。

民兵队长高玉堂因为发现李志新有功，便从兵工厂蹭了五十发子弹，乐得咧嘴笑，把五十发子弹数了好几遍。他没想到就是这个看上去憨憨厚厚的李志新，差点儿葬送了兵工厂。

有了上等的钢管，白玉山很快制造出十枚掷弹筒。正巧，八路军某独立营有一场大仗要打，急需一批子弹，厂长周海阔带领几名工人，要将一万发复装子弹、二百枚手榴弹和十枚掷弹筒送到前沿阵地。出发前，白玉山突然问周海阔，他能不能跟着一起去前线，他想亲自试验一下掷弹筒的性能。周海阔一阵惊喜，如果能让白玉山到八路军前沿阵地亲眼看看他自己制造的武器发挥威力，一定能唤起他的责任感，激发他研制新武器的斗志。但很快，周海阔心里又犹豫起来了，毕竟子弹没长眼，白玉山去前沿阵地会不会有危险？这个宝贝疙瘩对兵工厂太重要了，绝对不能有闪失。

就在他犹豫的时候，白玉山泄了气似的说："行了，我跟着你们是累赘，不去了！"

周海阔朝白玉山瞪眼，说道："哎哎，你是不是胆小怕死？刚说要去，怎么变卦了？跟我走！"

为防万一，周海阔特意带上了王木林和几名警卫排战士，叮嘱他们一定要保护好白玉山，随时做好用身体抵挡子弹的准备。王木林很不爽，闹了半天，让他跟着是做肉盾的，白玉山的命比自己值钱呀。

路上，王木林故意折腾白玉山，本来子弹是让毛驴驮着的，他却说毛驴太累了，把一口袋子弹搭在白玉山肩上。白玉山走山路都吃力，再加上四五十斤重的子弹，他在羊肠小路上手脚并用地爬行着，累得满头大汗。周海阔发现的时候，白玉山脚底已经磨出了好几个血泡。周海阔气歪了嘴，从路边捡起一根树枝，要抽打王木林。王木林立即钻进树林里，在一棵棵树后腾挪闪躲，周海阔根本打不到他。正当他得意的时候，一只脚踩空了，身子狼狈地滑到山坡下。几个人哈哈大笑，就连白玉山都笑了，嘴里喊叫："活该！"

大家的心情出奇的好。山路虽然崎岖，但是风光秀丽，妙趣横生。路边各种野花开得灿烂，山谷的溪水叮咚有声，还有突然间从草丛中跳飞的蚂蚱和野兔，都给他们带来了快乐。如果不是急着给前方送子弹，他们真想停下来疯闹一阵子。然而，前方的战斗随时打响，他们只能将迷人的风景留给寂寞的山谷。

周海阔带领大家赶到独立营前沿阵地的时候，部队已经进入战斗状态，等待过路的日伪军。这是一场伏击战。八路军独立营提前得到情报，烟台的日军一百余人、伪军五百多人，在大岛大佐的亲自指挥下，朝牟平方向开进，企图攻占牟平与栖霞牙山一带的战略要地，打通牟平、栖霞和海阳三县的战略要道。独立营营长看到周海阔送来的子弹和掷弹筒，两眼放光。"周厂长呀周厂长，你真是及时雨，来得太是时候了！"他抓住周海阔的胳膊摇了半天，兴奋得像个孩子。

警戒哨兵跑来报告，说敌人进入了伏击圈。独立营营长让周海阔他们撤离前沿阵地，周海阔却提出要一起参战，检验手榴弹和掷弹筒的威力，以便回去继续改进制造工艺。独立营营长答应了，但要求他们隐蔽在战壕里，不得随便乱跑。可战斗打响后，王木林冲到了最前沿，一边打着一边喊着，手舞足蹈的，那样子好像欢天喜地过大年。王木林占尽风头，独立营的一些战士就不高兴了，我们搭台你来唱戏，你是谁呀？凭什么跑到我们独立营臭显摆？不把我们独立营放眼里是吧？行，给这小子好好上一课！

很快，就有几个不服气的独立营战士凑在王木林身边，专门抢王木林的生意。王木林刚瞄准一个日军，可不等他扣动扳机，独立营的战士抬枪就给撂倒了。王木林一看就明白了，哟嗬，你们这是给我上课呀，那就来吧！

王木林跟独立营的战士较上劲了，他天生就是打仗的料，打起仗来不但勇猛，还有智谋。说实话，把他放在兵工厂确实浪费了。王木林玩得开心，白玉山这边也过足了瘾，他操作自己制造的掷弹筒，眼瞅着撂倒了几个敌人。

独立营的官兵手里有了充足的弹药，又得到了最新制造的掷弹筒，这场仗打得很有底气，让日伪军吃了不少苦头。

按照战前部署，独立营的伏击战，就是打敌人一个措手不及，让出动的日伪军缩回烟台。然而日军损失惨重，大岛没想到八路军火力这么猛，有些急眼了，一定要挽回面子，给八路军一点颜色看看。日军开始疯狂反扑，他们的机枪和小钢炮威力无穷，很快就将独立营的火力压制下去。白玉山躲在掩体内焦急地对身边的八路军战士喊："打呀，你们咋都趴着不动？"

一名班长狠狠踢了白玉山一脚，说："嚷什么？鬼子用的小钢炮，没瞧见吗？你们兵工厂有能耐，造出几门小钢炮，看老子怎么收拾他们！"

王木林朝班长瞪眼说："知足吧，能给你们造出掷弹筒来，就他奶奶烧了高香，没有小钢炮，就干不过小鬼子了？有能耐，你去兵工厂干活，让我来收拾这些龟孙子！"

说着，王木林直起身子要射击，一枚炮弹打过来，八路军班长猛地扑过去，将王木林推出很远。硝烟散尽，他们才发现班长身负重伤，一个战士大喊："卫生员——卫生员——"

一阵忙乱，几个战士七手八脚地将班长抬到一块平整的地方。王木林也想帮忙抬班长，却被战士狠狠地推开了。

白玉山站在旁边，傻傻地看着。缓过神来后，他嘴里突然冒出一句话："我要造小钢炮……"

独立营营长指挥部队撤离阵地，向密林一带转移。通常，八路军朝密林深处转移，日军不敢贸然追击，然而这一次，日军指挥官一反常态，命令日伪军紧追不舍，并从两侧迂回包围上来，企图将独立营围歼。独立营营长命令尖刀排抢占了两翼的山头，阻击敌人，延缓日伪军的推进速度，掩护部队撤离。

独立营利用熟悉的地形快速摆脱了敌人的纠缠。尖刀排完成了阻击任务，开始撤离高地。这时候，王木林几个人保护着白玉山已经撤退到山谷安全地带，没想到一小股日军突然斜插到他们前方，朝他们胡乱射击。周海阔命令大家快速转移，而王木林却耍起了酷，举枪撂倒一个日军。这下捅了马蜂窝，日军集中兵力扑向他们，一下子把他们冲散了。王木林边跑边向日伪军射击，等到摆脱敌人包围圈后才发现，白玉山不见了。

此时，日伪军已经完成了对山谷的合围，开始拉网式搜索，白玉山恰巧在日伪军的包围圈内。他本来一直跟在王木林身后，可跑着跑着，突然左腿发软，一下子蹲在地上，仔细一看才知道左大腿中弹了。他喊叫王木林，可王木林早跑得没影了。他吓傻了，连滚带爬藏进一堆茂密的灌木丛中。

周海阔瞪圆了眼睛，对王木林吼："白玉山呢？我让你来干啥的？让你来打仗的？我让你来，就是要保护好白玉山，你脑子被驴踢了？！"

尽管王木林心里有些胆怯，但嘴上不服气，嘟囔说："我让他跟紧，这孙子不听话，到处乱跑，死了活该！"

不等王木林说完，周海阔狠狠地把他推开，说："王木林，你等着，白玉山要是有个三长两短的，我饶不了你！"

王木林不敢吭气了，周海阔眼睛凶巴巴的，像要把他吃掉。他心里就骂白玉山："你个王八羔子，跑哪儿去了？死了才好！"恨归恨，可他心里也知道白玉山的重要性，如果白玉山真死了，厂长周海阔准疯了。他把目光投向远处的来路，焦急地自语："孙子，你跑哪儿去了？"

周海阔找到刚撤下来的尖刀排排长，请尖刀排帮忙寻找白玉山。尖刀排试图从日伪军身后杀开一条通道，冲进包围圈寻找白玉山，然而几次冲锋都没有成功，还白白牺牲了四名战士。尖刀排排长心疼了，告诉周海阔说，日伪军已经完全将山谷包围了，现在冲进去寻找白玉山，就是肉包子打狗有去无回。周海阔急了，说："你们见死不救，那我自己去！"说着，他从一个战士手中夺过步枪，要亲自杀入敌阵，几个兵工厂的工人也毫不犹豫地跟在他身后。尖刀排排长冲上前，拦住周海阔说："周厂长你别胡来，你要真死了，我可负不起这个责任！"

周海阔瞪着眼睛吼："你懂个屁！死我两个周海阔都抵不上一个白玉山，你们一定要把他救出来！"

尖刀排排长惊呆了，准确地说，他是被周海阔的样子吓住了。"这个人有这么重要？"他朝远处的山沟瞭了一眼。此时日军正仔细搜索山谷，逐渐缩小包围圈。

周海阔说："我实话告诉你，咱们兵工厂全靠他撑着，他能给你造出捷克步枪，造出大炮来！"

尖刀排排长似乎明白了，点点头，声音低沉地说："好吧。"

他的声音虽弱，但目光很坚定。他从一个战士背上抽下一把大刀，目光似乎比刀刃还锋利。"杀进去，跟我来！"一声喊叫后，他双手拨开杂乱的灌木丛，朝前面的日军冲去。

在尖刀排排长的带领下，尖刀排的战士像一阵龙卷风，眨眼间冲到了敌人阵营，左突右杀，刚打开一条通道，不等他们冲进去，日伪军又潮水般合拢上来。尖刀排排长改变战术，将兵力分成三个战斗小组，第一战斗小组手榴弹开路，第二小组机枪扫射，第三小组大刀跟进。终于，他们像钉子一样，硬生生地钻进敌人的包围圈。周海阔让王木林在前面带路，沿着王木林走过的路线仔细寻找白玉山。日伪军发现尖刀排后，立即围拢上来，把尖刀排挤压在一条狭窄的山沟里。尖刀排的战士一边阻击敌人，一边寻找白玉山，处境非常危险。尖刀排排长跑到周海阔面前请示，说如果继续寻找白玉山，很可能被敌人全部吞掉，必须立即突围出去。周海阔咬着牙说："你听着，尖刀排都拼光了，也要找到白玉山，这是命令，执行去吧！"

周海阔说这句话的时候，王木林就站在身边，他被周海阔的话吓了一跳，身子忍不住颤了一下。他没想到事情会如此严重，后悔没把白玉山看护好。愣怔片刻后，王木林发疯似的朝前面跑去，一边跑一边喊叫白玉山的名字。

"白玉山，你在哪儿——快出来！"

"白玉山，你个王八蛋，躲在哪儿了？"

"白玉山，你没死吧……你出来呀——"

……

到后来，王木林喊叫的声音带着哭腔，他有些绝望了。就在这时，他听到一个熟悉的声音从风中飘来。"在这儿，我在这儿！"这个熟悉的声音灌进王木林耳朵里，让他血脉偾张。

"白玉山？白玉山——你在哪儿？"王木林站住了。

"就这儿，这儿！"

王木林终于听清楚了，声音是从前面的灌木丛中发出来的，他急忙拨开灌木丛，发现白玉山蜷缩在里面，由于失血过多，他的脸色很苍白，连站起来的力气都没有了。

"祖宗呀，我的祖宗，可找到你了！"王木林一把抱起了白玉山，欣喜若狂，朝着远处喊叫，"找到了——白玉山在这儿！"

周海阔几个人赶过来，给白玉山进行了简单的包扎。此时日伪军已经逼近眼前，子弹在耳边嗖嗖地飞，尖刀排的战士牺牲过半。尖刀排排长顾不得请示周海阔了，命令十几个人前面开路，其余的人在后面掩护，他自己背起白玉山就跑。

日军指挥官站在一个土丘上，用望远镜观察着山下的战况，嘴角露出轻蔑的笑。在他看来，山沟里的八路已经成了他的战利品，不可能逃出包围圈了。

尖刀排的战士刚刚突破了敌人第一道包围圈，就被密集的火力封锁在一块巨石后面，一步也走不动了。周海阔心里咯噔了一下，一种不祥的预感袭上心头。"完了，今天怕是出不去了。"他心里十分懊悔，自己牺牲了不足惜，白玉山死了，对兵工厂损失就太大了。

就在周海阔绝望的时候，他的身后传来八路军的冲锋号声，紧接着就是密集的枪声。周海阔侧耳细听，判断枪声的方向，然后果断决定朝着冲锋号的方向突围。

冲锋号是独立营小号手吹响的。独立营营长发现尖刀排和周海阔他们没有转移出来，并且听到山沟下枪声不断，就知道他们出事了。眼下敌我力量对比悬殊，跟敌人硬拼肯定要吃亏，要想把尖刀排和周海阔他们解救出来，必须想出一个妙计。正想着，他瞥眼发现农田里堆着陈年的麦秸草，忙命令战士将麦秸草搬运到敌人身后，摆放成一条长龙，放了一把火。麦秸草燃烧起来，冒出冲天的浓烟。独立营营长对司号员挥手喊："吹冲锋号，把吃奶的力气使出来！"

冲锋号一响，独立营营长指挥战士们在敌人背后来回奔跑，四处打枪。伪军听到枪声，再看从头顶飘过的浓烟，心里慌了，以为八路军来了增援部队，忙四处逃跑。日军看到伪军慌乱奔跑，不知道发生了什么了事情，也有些乱了阵脚。趁乱，独立营营长带领战士将周海阔他们解救了出来。

独立营营长清点人数，发现他的一个尖刀排只有六个人活着出来了。独立营营长心疼得捶胸顿足，冲到尖刀排排长面前，抓住排长的胸襟摇晃着喊："你——你把我的尖刀排带到哪儿去了？你他妈活着出来了，我的那些好兄弟呀——"说着，独立营营长蹲在地上哭了。

独立营营长这一哭，一直压抑着悲痛的尖刀排排长也哭了，他身边活着出来的几个战士也哭了。

王木林和兵工厂的几个工人都垂下了头，像是受审判的罪人。白玉山眼里含着泪水，一时不知道说什么好，只能把祈求的目光投向了周海阔。

周海阔咬了咬嘴唇，走上前对着独立营营长行一个军礼，说："我欠你的，欠独立营的这笔债，一定会还的！"

周海阔弯腰去背白玉山，一边的王木林忙抢先背起白玉山就走，一边走一边小声骂白玉山，恨不得把他丢到山崖下。"姓白的，你就是个丧门星！"骂着，还用手狠狠掐了白玉山几下。

无论王木林怎么折腾，白玉山就是一声不吭。他盼着尽快回到兵工厂，尽快造出小钢炮，去打小鬼子。

十二

　　子弹从白玉山的大腿穿过，却没伤筋动骨，只是失血太多，让他昏睡了两天。即便这样，周海阔也不放心，一直在白玉山身边陪伴着，两天两夜没合眼，眼睛熬得红肿。他几乎一动不动地坐着，眼睛盯着白玉山的脸，似乎那脸上有需要破译的密码。

　　大家看着周海阔这副表情，谁都不敢吭气。邓月梅给周海阔端来了小米粥，还有一块玉米面饼子、半块咸菜疙瘩，这些东西一直放在那里，丝毫未动。有几只苍蝇围着小米粥飞来飞去，邓月梅站在一边，想轰赶苍蝇，又怕惊动了周海阔，急得她瞪眼睛拱鼻子的，似乎要用怪模样吓跑苍蝇。

　　邓月梅心疼周海阔，觉得这样下去他的身体就垮了，便劝他一定要吃点儿东西。她找到槐花，说："槐花，你去劝劝周厂长吧，再不吃点儿东西，人就蔫了。"

　　槐花噘着嘴说："你咋不劝？"

　　邓月梅说："我劝他没用，他不听我的。"

"他能听我劝？他凭啥听我劝呢？"

"你别问凭啥，他肯定听你的，你去不去？"

"好，去。"

槐花想了想，跑进屋子，手里拿了两个煮土豆，跟在邓月梅身后去见周海阔。李大叔一直把槐花当小孩子，每次出去采购食品，总要给槐花买一些好吃的东西，前几天去集市没买到稀罕玩意儿，就买了几个土豆。在兵工厂，槐花的身份很特殊，她是跟随父亲李大叔来到兵工厂的，不是兵工厂的工人，更不是革命者，只是一个编外人员，不拿一分钱的工资。她性格单纯直爽，说话大大咧咧，笑起来爽朗透明，谁见了都喜欢。尤其在厂长周海阔和政委陈景明面前，别人不敢说的话她敢说，从来没把他们当首长看待。

槐花走到白玉山住的屋子前，政委陈景明正好从屋子走出来，嘴里唉声叹气的。王木林站在门外，看到槐花走来，忙迎上去，眼睛盯着槐花手里的土豆。槐花把两个土豆晃了晃，说："木林哥，我来看白玉山，一个土豆给周厂长的，一个给白玉山，没你的呀！"

王木林傻笑一下，不知道该说什么好。他心里不舒服，毕竟槐花手里的土豆是给白玉山的。等到槐花进了屋子，他忍不住骂了一句："白玉山就是个丧门星，子弹也没打死他！"

邓月梅瞪了王木林一眼，说："你又嘴硬，这次差点儿闯了大祸，还不长记性！"王木林不吭气了，老实地站在一边。他这次真的害怕了，心里感谢白玉山命大，才没被子弹打穿要害，如果被子弹打死了，他的罪过就大了。当然了，他心里也不是滋味，一个吃喝嫖的白玉山，竟然成了香饽饽了，比自己都牛气，他都快成白玉山的奴仆了。

槐花进了屋子，把一个土豆剥了皮，递给周海阔，说："这是我爹让拿给你的，让我看着你吃了。"

周海阔瞥了一眼槐花，身子没动。槐花把土豆使劲往前一送，快要送到周海阔嘴边了，周海阔赶忙侧了侧身子。

"我爹让我看着你吃了。"槐花再次强调一句。

周海阔无奈，接过土豆一口吞下去，噎得脖子使劲抻了抻。他知道，如果不吃的话，槐花会把土豆直接塞进他嘴里。

槐花看到周海阔被土豆噎着了，忙端起小米粥递给他。这一次周海阔不犹豫了，端起来大口喝着，好容易才把嗓子疏通了。

槐花笑了。槐花的笑声惊醒了白玉山。

白玉山爬起来，茫然地看了看周海阔，又看了看槐花，像是一个失忆的人。槐花惊喜，说："你醒了？快起来吃点儿东西。"

白玉山眨巴眨巴眼睛，意识开始复苏了，他瞅一眼周海阔，声音沙哑地说："我要造小钢炮。"

说完，白玉山跳下床，身子趔趄一下，周海阔和槐花急忙上去搀扶他。白玉山推开他们的手，身子飘飘忽忽朝车间走去。周海阔心里一阵惊喜，尽管带着白玉山去前线遭受了磨难，但总算激起了白玉山的斗志，一番苦心没有白费，这样想着，他的泪水忍不住流了出来。

为了一个白玉山，几乎牺牲了一个尖刀排，的确让人痛心，也让兵工厂的工人觉得不可思议，难道这个白玉山真的这么重要？新来的铁匠李志新更是好奇，暗自打探白玉山的底细，得知白玉山帮助兵工厂解决了手榴弹杀伤力不足的问题，还成功制造出了掷弹筒，觉得这是个重大情报，应该报告给伪军队长张贵。

大岛大佐被八路军独立营伏击之后，得知杀伤他们的掷弹筒是栖霞兵工厂制造的，就打电话给栖霞日军指挥官康川少佐，对他咆哮一通，命令他尽快消灭栖霞境内的八路军兵工厂。大岛急了，康川就慌了，自然要拿张贵出气。

这一次康川对张贵没客气，眼里冒着凶光说："找不到兵工厂的藏身之地，死啦死啦的！"

张贵很识时务，也没再跟康川讨价还价，拍着胸脯说三天内一定找到八路军兵工厂的下落，给皇军一个交代。张贵胸有成竹的样子让黑田小队长很不满，以为张贵又在耍心眼，于是就跟康川进言，应该派人盯梢张贵。康川的眼珠子转动两下，微微点头，让黑田在伪军内部寻找一个愿意为皇军效忠的人，作为皇军的耳目。

黑田当即想起一个人，他叫顺子，经常遭到癞子的欺负，但敢怒不敢言。顺子家里没亲人，跟着张贵混饭吃，最大的爱好就是喜欢喝酒。

黑田跟顺子打过交道，所以很容易就搞定了顺子，他给了顺子足够一年的酒钱，顺子就发誓效忠皇军了。顺子想，他妈的癞子，老子有皇军撑腰，再也不怕你了！

张贵之所以信心满满地答应了康川，是因为他觉得李志新就像自己的眼睛一样，随时都能看到兵工厂的一举一动。然而李志新走后，却一直没消息，康川催得又紧，急得张贵抓耳挠腮，每天让癞子带人在县城四周的村子打探消息，希望得到李志新的音信。

兵工厂是有严格规定的，无论什么人外出，必须上报周海阔和陈景明批准，李志新进入兵工厂后，一直找不到外出的理由。后来他发现，兵工厂的炊事员李大叔出入兵工厂比较自由，就故意跟李大叔套近乎，有事没事都往李大叔身边跑，帮李大叔拉风箱或者劈木柴，陪李大叔拉家常。李大叔跟李志新的村子相距不远，又都是李姓人家，有一种天生的亲近感，再加上李志新话语不多，却很勤快，李大叔很快喜欢上了李志新。

这天，李大叔要出山，去县城边上的集市买大蒜，兵工厂好几个工人拉肚子，他想买些大蒜用火烧了，给拉肚子的工人吃。最重要的是，白玉山负伤后，一直带伤研究小钢炮，他想搞一只羊回来，给白玉山补补身子，也犒劳一下兵工厂的工人们。李志新得知李大叔这个想法后，主动要求跟李大叔一起进城，说自己走街串巷的，跟一些买卖人混得很熟，或许能买到羊。李大叔没仔细想就答应了，他正好需要一个人帮忙，如果带着女儿槐花，若遇到日伪军反而会有麻烦。

每月逢五才有集市，由于日伪军盘查严格，集市显得很萧条。日军为了封锁八路军队伍，在栖霞境内修筑了很多炮楼据点，取消了乡下的一些集市，只有县城周边的几个集市保留了下来，而且集市上经常有特务盯梢，八路军想在这几个集市采购食品，要冒很大的风险。李大叔带着李志新在集市上转悠了半个时辰，买到了一些大蒜，可并没有买到羊，只得失望地离开了。他跟李志新返回兵工厂的时候，特意绕了一个大圈子，先是向南翻过一个山头，然后四下观察了一下，看到没有异样后，又折返向北，从一条小路穿过山脊，回到山下的兵工厂。

其实，就在李大叔离开集市的时候，癫子带着一个人匆忙走进了张贵的住所。此人戴着一顶草帽，帽檐压得很低，走路脚步很轻，却走得很快，一看就知道是走惯了山路的家伙。他走进院子的时候，恰好顺子在扫院子。顺子自从得到日军小队长黑田的指令后，就开始变得勤快了，经常去给张贵打扫院子，或是挑水劈柴的。顺子看到戴草帽的人，感觉有些异样，就故意装出不小心的样子，将扫帚绊向来人脚下，想让他停顿脚步，趁机看清他的面孔。不想来人脚步非常灵活地弹了一下，很轻易地躲开了扫帚。

癫子走进张贵屋子，张贵正搂着五姨太调情，看到癫子突然闯进来，他有些惊讶，刚要发脾气，癫子忙说："大哥，草帽回来了。"

"草帽？在哪儿？这个王八蛋……"张贵一把推开五姨太，慌着朝屋外走，发现草帽已经进屋了。

张贵对五姨太和癫子挥挥手，看着他们都出去了，这才问："这些天你去哪儿了？说吧，有什么好消息？"

草帽低声说："有了。李志新传出消息，八路军兵工厂隐藏在牙山高家沟。"

张贵点点头，很兴奋地说："果然在那一窝窝，哈哈，太好了，八路军兵工厂的屁股上挂着我的一只眼睛，他们不管到哪儿都跑不出我的手心。你跟李志新联系要仔细，不要露了马脚。"

草帽说："是，是。还有一个重要消息，八路军兵工厂有个叫白玉山的人，非常厉害，听说要帮着八路军制造小钢炮……"

不等草帽说完，张贵就用力拍一下桌子，骂上了："好呀姓白的，你这个王八犊子，日本人那里你不去，却投靠八路了！"

草帽走后，张贵就开始琢磨怎么收拾白玉山，癫子说："干脆去把白恒业抓起来，逼迫白玉山离开八路军的兵工厂。"

张贵坐在椅子上抽着一袋烟，听到这话站起来用烟袋杆敲打癞子的秃头子，说："你他妈啥时候能学会用脑子，你头上顶着个脑袋喘气的？这事儿要让康川知道了，我们吃不了兜着走。"

癞子没搞明白，眨巴眼睛说："大哥我这脑袋吧，一会儿好使一会儿不好使，要是把白玉山抓回来，康川那老狐狸该给咱们奖赏呀？"

张贵气得狠狠踹了癞子一脚，说："白玉山是谁放走的？康川知道了，能饶过你？你咋就这么糊涂？让你吃核桃，你吃了吗？"

癞子忙说："大哥我吃了，一天吃好几颗核桃。"

张贵确实比癞子聪明多了，一袋烟的工夫，他心里又有了一个小算盘，既然白玉山投靠了八路，那么白恒业就逃不了干系，他要把白恒业当成摇钱树。张贵让癞子带上十几个兄弟，跟着他去了白恒业的布匹店。

这些日子，白恒业过得提心吊胆的，夜里还经常做噩梦，不是儿子白玉山被日本人抓走了，就是孙子白银掉进黑咕隆咚的深井里。最近，他很少出远门了，在布店守着孙子白银，稍有什么动静，就急忙把白银藏起来。

白恒业看到张贵带着十几个伪军走进院子，心里就咯噔一下，忙叮嘱儿媳吴太太带着白银藏里屋，不管发生什么事情，千万别出来。他一脸堆笑迎上去，对着张贵拱手作揖说："哎哟，张队长大驾光临，可有些日子没见您了，还真挺想您的，快请进！"

张贵没说话，盯着白恒业看，脸上一点儿表情也没有，看得白恒业心里发毛。到最后，张贵鼻孔里"哼"了一声，大步走进屋里。白恒业急忙泡茶，还特意拿出一包大烟塞给张贵，可没想到张贵一把推开了。白恒业一看就明白了，张贵今天是来找事的。

"咋啦，心里害怕了是吧？"张贵拔出手枪，用枪把敲打两下桌子。

白恒业强作镇定，惊讶地问："哟，张队长，我的好哥哥，你这是干啥？咱俩有啥不能说的，掏家伙干啥？"

"这么说，你知道我要说什么了？"

白恒业摇摇头，很茫然的样子。张贵让几个手下出去，屋里只留下癞子站在他身后，恶狠狠地看着白恒业。张贵突然站起来，冷不丁地抽了白恒业一个大嘴巴。"我日你老娘的，你儿子白玉山哪里去了？"张贵说着，一脚踢翻了凳子。

白恒业已经料定张贵是冲自己儿子来的，虽然被张贵抽了耳光，身子猛然哆嗦了几下，但很快镇定下来，很委屈地看着张贵说："你找我儿子，找那个败家的东西？我哪里知道他去哪里了？好些日子不回家了，死外面我都不会去找他！"

"少给我唱戏！你儿子在八路军兵工厂，你不知道？跟你说吧，我一进门就看出来了，你早就知道他参加了八路！"

"天打雷轰的，我真不知道他去哪儿了，可要说他参加了八路，打死我也不信呀，我那败家儿子，他能当八路吗？就算他愿意，人家八路也不会要他呀，对吧？"

白恒业是走南闯北的生意人，见过大世面，明知道张贵是来找事的，可他就是装糊涂，弄得张贵一肚子火气发泄不出来。

张贵压着怒气说："好好，那我告诉你，白玉山在八路军兵工厂，要是让康川知道了，你全家一个也活不成！"

白恒业连连摆手说："不可能，不可能，白玉山当八路吃不了那份苦……张队长千万别信传言呀！"

"屁传言，有人在兵工厂亲眼看见他了……"张贵还想说什么，突然意识到自己犯了一个错误，于是急忙打住，狠狠地咽下一口气，说："你牙口挺硬的是吧？那好，我把这事报告给康川，让他来跟你磨嘴皮子！"

张贵转身要走，被白恒业一把拽住了。白恒业哀求说："别呀我的哥哥，这事就算是假的，日本人也不会饶过我，咱俩可是多年的老交情了，你哪能甩手不管呀！"

张贵等的就是这句话，他早就想好怎么勒索白恒业了："行呀，你说怎么管你吧？"

白恒业明白了，忙把一锭银子塞给张贵，说："张队长需要什么尽管说，兄弟一定尽力去办。"

张贵看都不看，把一锭银子又丢给了白恒业，说："这点儿银子能干什么？我想买几把好枪，你给我准备三百两吧，过两天我让二当家来取，你不会说拿不出来吧？"

张贵狮子大开口，把白恒业吓了一跳，自己的布匹店不是大买卖，尤其日本人占领栖霞后，弄得民不聊生，老百姓连命都保不住了，哪有心思买布匹。

"张队长，我亲哥哥呀，不是我不想给，是我拿不出这么多银子，一百两，我咬咬牙给你凑一百两，咋样？"

张贵知道白恒业肯定要跟他讨价还价，也知道白恒业一次拿不出这么多银子，他心里早就给白恒业准备了一个最低数字二百两。在他看来，现在的白恒业已经成了他的钱袋子，他随时都可以来取银子。然而，就在张贵要松口的时候，白恒业的孙子白银突然在里屋哭出了声音，原来吴太太一直捂着白银的嘴，把他弄疼了。白银跑出来，吴太太也慌张地追出来，正好跟张贵撞在了一起。

白恒业生气地对吴太太说："这儿谈事，带孩子走远点儿！"

吴太太抓住白银抱起来，慌忙朝屋外走，被张贵拦住了。"哎哟，吴太太越来越好看了。"张贵笑了，上下打量吴太太，色眯眯地说，"你儿子参加八路，论道理，我要把你儿媳妇带走。"

白恒业脸色煞白，走上前挡住张贵的视线，说："三百两就三百两吧，我白恒业倾家荡产，也要给张队长凑够这笔钱。"

张贵满意地点头说："白老板太明白了，人要是没了，要银子有什么用呢？癞子，听好了，三天后来取银子，白老板拿不出银子，就把吴太太带回去！"

癞子嘿嘿地笑着说："大哥，不如今儿就把她带回去做抵押，等白老板凑够了银子，去赎人。"癞子贪婪地瞅着吴太太的脸蛋儿，回头才发现，张贵已经走出屋子，他急忙小跑追上去，嘴里说："大哥，大哥，到嘴边的肥肉……"

癞子从张贵的眼神中，看出张贵喜欢上了吴太太，张贵看好的女人，肯定要让癞子想办法弄回去，可今天张贵没这么做，癞子看不明白了。

走出白恒业家的院子，张贵才瞪了癞子一眼说："你懂个屁，这块肥肉还没煮熟，慌什么，迟早要进我嘴里的。"

张贵走后一个多时辰，白恒业一直坐在椅子上发呆。吴太太走进来，想说什么，但看到白恒业没动身子，就打算走开。

"你站一会儿。"白恒业说话了，粗粗地呼出一口长气，然后直腰站起来。由于长时间坐着不动，他的腰有些僵硬，疼得咧嘴，忙用一只手摁住腰部，身子趔趄几下。

吴太太忙上前扶住他的胳膊，说："爹，你小心。"

看到白恒业慢慢地伸张开身子，吴太太又忙松开手，站到了一边。男女有别，况且是自己的公爹，吴太太的动作显得很拘谨。白恒业无心注意这些，问："白银去哪里了。"他心里一直在琢磨孙子的事情。

吴太太说："关在屋里，不敢让他乱跑了。"

白恒业又叹息一声："孙子白银不是一只小狗小猫，关是关不住的，要想个法子才好。我想了半天，你带着他离开县城，回娘家住吧。"他说完，抬眼看着吴太太，等待她表态。

吴太太犹豫了一会儿，才点点头，说："只是……你一个人留在家里，也让人不放心。"

"我能去哪里？总不能把店铺丢了吧。"白恒业说。其实他也想到远走他乡，但又舍不得父亲留下的这份家业，还幻想将这份家业传给孙子白银呢。

吴太太答应过几天带着白银回娘家，白恒业说别过几天了，你去收拾一下，马上就走，夜长梦多。吴太太愣住了，觉得太突然了，临走前总要把屋子收拾一下，该藏起来的东西都藏起来，这一走不知道什么时候才能回来。白恒业生气了，说家里有什么东西能比白银的命值钱？抓紧去准备，太阳快落山前走出城门。吴太太不敢再争辩，慌忙去收拾行李了。

太阳落山后，城门就关闭了，任何人出城都要有通行证。白恒业心里不踏实，明天会发生什么事情，谁都猜测不到。吴太太收拾行李的时候，白恒业出门雇来一个脚夫和一头骡子，脚夫是老熟人了，经常给白恒业运送布匹，比较可靠。白恒业额外给了脚夫一些碎银子，叮嘱他路上照顾好吴太太和孙子白银。

一切安排妥当，白恒业亲自把吴太太送到城门。这时候，太阳开始落山了，那些想赶在最后一批出城的人，拥挤在城门前，场面有些混乱。白恒业觉得机会不错，抱着白银混杂在人群中，一点点向前挪动。

突然间，有人在白恒业肩膀上拍了一下，白恒业回头，发现伪军二当家癞子正朝他笑，心里一惊。癞子把白恒业拽到一边，有些想不明白，挠挠秃头说："怪了，我大哥脑子就是好用，他怎么想到你今天一定要出城呢？"

白恒业忙把白银递给吴太太，跟癞子解释，说："孙子想姥姥了，要回姥姥家住几天。我哪儿也不去，走吧二当家的，我陪你找个地方喝两杯。"白恒业拽着癞子走，同时给吴太太使了个眼色。

癞子不上当，甩开白恒业的手，一把抓住吴太太说："站住！我大哥说了，白玉山不回来，你们一家哪儿也别想去。"

吴太太生气地说："白玉山死活跟我没关系，你们要钱，我爹答应给了，凭啥不让我和儿子回娘家？"

　　癞子用手使劲捏着吴太太的胳膊，淫荡地笑着说："凭啥？走吧，让我大哥亲口告诉你。"

　　白恒业忙拉开癞子的手，让吴太太挣脱出来，说道："算了算了，既然不让你们回去，就别走了，天色暗了，路上我也不放心，等我跟张队长说好后，你们再走也不迟。"

十三

返回家后，天光已暗，白恒业坐在客厅的椅子上，感觉浑身一点儿力气都没有了。张贵真是个狐狸，已经派人监视他们了。怎样才能把孙子送出去呢？白恒业想破了脑子也没想出办法来，心里就骂儿子白玉山，哪根神经出了毛病，跑到八路军兵工厂，撂下一家老少不管不问。骂完儿子，又感叹自己命运不济，老婆死得早，撇下这么个不争气的儿子，让他有操不完的心。

胡思乱想着，听到外面有说话声，白恒业心里一阵紧张，忙站起来走出屋子。原来是王土墩的女儿王木秀，正站在院子里跟吴太太说话，于是他用力咳嗽一声。王木秀看到白恒业走出屋子，叫声"白叔叔"，然后转身喊了吴太太，一起进屋说话。

屋里很暗，吴太太急忙燃亮了油灯，刚刚燃亮的灯芯火苗突然蹿起来，把白恒业吓了一跳。借着灯光，王木秀发现白恒业似乎苍老了很多，曾经很熨帖的发型有些凌乱。很明显，今天发生的事情，对他打击很大。王木秀白天不在家里，回家后听父亲说，张贵带人去白家找碴儿了，于是急忙赶过来。刚才在院子里，她听了吴太太的介绍，觉得事情非常严重，应该立即报告地下党组织，想办法将吴太太和白银送出去。

"白叔叔，你家的事，我已经知道了，别担心，我会想办法的。"王木秀说着，从吴太太身边拉过白银，抚摸着他的头发。

白恒业愣了一下，琢磨王木秀说话的意思，有些犹豫地问："你有办法？"

"嗯，我一定想办法把白银和嫂子送出去。"王木秀说得很坚定。

白恒业的眼睛亮了一下："真的吗？你能想出办法来？"他的声音很谦和，甚至带有乞求，不像过去那样，总是用盛气凌人的语气跟她说话。

王木秀认真地说："我正在想办法。这几天你们别乱走，就像什么事情都没发生。刚才在大门口，我看到两个鬼鬼祟祟的人，八成是张贵手下的二狗子在盯梢你们。"

白恒业仰头朝院子外看了一眼，压低声音说："你要真能把他们娘儿俩送出去，我白恒业给你磕头都愿意！"由于激动，白恒业说话的声音都颤抖了。

王木秀说："你太客气了白叔叔，我很敬佩白玉山大哥，不管他过去怎么胡闹，现在他就是我心里的大英雄。如果我是个男的，我也参加八路去，哪怕只能给八路军烧火做饭我都愿意。小鬼子不离开中国，咱们老百姓就没有一天安稳日子过。"

白恒业被王木秀的话感染了，也愤恨地说："如果不是有小鬼子撑腰，张贵就不敢这么张狂，有这些乌龟王八当道，别说生意没法做，连命都难保了。我担心白玉山在八路军那边不会正儿八经地做事，他就不是能做大事的人，让他吃喝可以，干正事没谱儿。"白恒业叹一口气，他了解自己的儿子，他什么时候踏实地做过事？说不准会给八路军惹麻烦，"也不知道他在哪儿，现在什么样子，真希望他能好好给八路军做事呀！"

关于白玉山的去向，其实还是一个谜。前些日子哥哥带着邓月梅回家，要动员白玉山去兵工厂工作，待他们离开后，白玉山就神奇地消失了，根据种种迹象推断，白玉山是被哥哥用那口棺材抬走了。这件事情，王木秀向栖霞地下党组织报告了，但因为当时中共栖霞地下党组织跟兵工厂的联系渠道中断了，对兵工厂的情况不是很熟悉。最清楚白玉山下落的，肯定是哥哥王木林，可去哪儿找哥哥？家里人都不知道他在外面做什么生意，父亲王土墩想起来就骂，说王木林这么混下去，迟早要出事。

王木秀有些疑惑，张贵怎么知道白玉山去了八路军兵工厂？她问白恒业，张贵来家里都说了些什么。白恒业想起来了，张贵说有人在兵工厂见过白玉山。王木秀更奇怪了，什么人见到白玉山，把消息传给了张贵？

"你别担心白叔叔，我如果有了白大哥的消息，一定尽早告诉你。"王木秀安慰白恒业。

白恒业并不知道，眼前这个看上去很文气的女孩子，就是中共栖霞县委地下联络站的联络员，前天她刚接到通知，被任命为八路军兵工厂的联络员，负责兵工厂跟栖霞地下党组织的联系，明天她就要去兵工厂了，很可能会见到白玉山。这次去兵工厂，主要是跟厂长周海阔和政委陈景明见个面，商讨如何开展今后的工作。还有一件事，就是向兵工厂首长报告白玉山家里的情况。

第二天一大早，王木秀准备去县城外集贸市场的小吃摊前跟县大队的大队长刘好接头，他负责将王木秀送到八路军兵工厂。天空有些小雨，雾气很重，百米外视线模糊成一片。她心里有点庆幸，这样的天气进山，不易被敌人发现。

王木秀走到城门附近，看到大批日伪军正在出城，动作很轻，几乎连说话的声音都没有。她慢慢接近城门，想打听一些消息，被站在一边的日军发现，朝她凶狠地叫喊。一个伪军还用枪托撞了她一下，让她滚远点儿。

今天城门紧闭，不准任何人出入。王木秀心里一沉，感觉事情不妙。

"一定有情况。"王木秀去了城内的一个包子铺，这里是地下党的秘密联络站，有了伪军内部消息，会第一时间送到这里。然而，她在秘密联络点也没有得到消息，也就是说，这次日伪军的行动非常突然，在伪军内部卧底的人，根本没时间将情报送出来。还有一种可能，就是这次行动非常保密，我方卧底人员事先并没有得到消息。她心里非常焦急，这样恶劣的天气，日伪军大批出动，而且行动神秘，到底要干什么？

其实，恰恰是今天的雨雾天气帮了日伪军的大忙。

张贵得知八路军兵工厂隐藏在牙山脚下的高家沟，最初并不急于立即报告康川，每天照样让癫子带领伪军四处寻找兵工厂的下落。癫子又不明白了，问张贵玩儿的哪一招，被张贵教训了一顿。张贵就是想憋几天，让烟台的大岛多训斥康川几次，这样康川才能知道他张贵的用处，以后才会更器重他。

癫子明白了张贵的意思，于是带领伪军搜山的时候并不卖力，到了一处避风的地方，干脆让队伍休息，在草地上打牌或睡大觉。伪军纳闷了，癫子胆子太大了，竟然糊弄队长张贵，要是老大知道了，能不收拾他？有胆子大的伪军就问癫子，癫子为了显示自己的聪明，说他早就知道兵工厂在哪里了。煮熟的鸭子，跑不掉了，他就是磨磨康川的耐性，让康川知道他们兄弟的厉害。癫子说着，还敲打着那个伪军的脑壳，告诫伪军多吃核桃长脑子。癫子并不知道，一直在他身边点头哈腰的顺子，已经是日本人的卧底了，顺子很快把这个消息告诉了日军小队长黑田，黑田又把消息告诉了康川。

康川真的急了，直接去了张贵的住处，抽出军刀架在张贵的脖子上，如果张贵说不出理由，他就要砍了张贵的脑袋。张贵短暂慌乱后，很快就有了主意，说自己虽然找到了八路军兵工厂的藏身之地，但觉得"围剿"的时机不到，为防止走漏消息，暂时没有向皇军报告。

站在一边的黑田，怒视着张贵，说："你一直在欺骗皇军，跟皇军要枪要弹，不值得信任。"

张贵急忙解释，说："我对太君忠心耿耿，已经选好了最佳时机。"说完他凑近康川，小声说："太君，明天有小雨，我们一大早出发，保准将八路的兵工厂连窝端了。"

康川不明白："八路和游击队最喜欢雨中作战，这种天气对皇军不利，怎么是最佳时机？"

张贵说："太君忘了吗？县城四周的山顶上，有县大队隐藏的暗哨，他们发现皇军出城，肯定要点燃烽火报信，下雨天烽烟会失去作用，皇军凭借雨雾的遮掩，可快速杀到高家沟……"

不等张贵说完，康川就两眼放亮，夸赞张贵大大地狡猾。当即，康川跟张贵制订了第二天的"围剿"计划，为封锁消息，决定第二天全城戒严，任何人不准出入城门。

康川离去后，张贵忍不住打了自己一个嘴巴，后悔给康川出一个绝妙的主意。按照这个计划，康川明天很可能将兵工厂全部"剿灭"，他以后跟康川要枪要弹，就少了一个借口。他也是被康川逼到死角了，如果不是灵机一动，今天很难说服康川，那他的脑袋就搬家了。当然，张贵也不是随便说的，当了这么多年土匪，他能够根据风向和温度，以及周边一些自然现象，预测天气的变化。根据他的判断，今天夜里应该会落雨。

张贵稳定情绪后，心里疑惑起来，康川怎么知道他发现兵工厂了？这个消息只有他跟癞子知道，对于癞子，他还是信任的，癞子不可能把消息透露给康川。

张贵把癞子叫来审问，癞子说他在兄弟们面前说漏了嘴，手下都知道他们发现兵工厂了。"大哥，我猪脑子，我该死，你处罚我吧。"癞子边说边抽打自己的嘴巴。

"这么说，康川在我眼里揳了一根钉子？"张贵半张着嘴，一脸惊讶。

癞子确实愚蠢，竟然没听明白，问："钉子？什么钉子，大哥？"

张贵气得顺手抓起桌子上的花瓶，狠狠地砸向癞子，骂道："你还不如一头猪！康川鳖孙子咋知道消息了？有人给他通风报信了！"

"大哥，你是说……咱们队伍里有康川的耳目？"

"妈的，找出这个人来，老子要骟了他！"

张贵一通骂，癞子不敢吭气，额头上渗出一层汗珠。张贵骂完了，才面授机宜，让癞子明天机灵点儿，能漏水的地方就漏，真把兵工厂赶尽杀绝，以后在康川那儿就吃不到好处了。

当天晚上，日伪军就做好了袭击八路军兵工厂的准备。果然，第二天凌晨落雨了，是那种淅淅沥沥的小雨，四面环山的栖霞城很快就被雨雾笼罩了。一大早，康川亲自出马，带领日伪军直扑牙山脚下。栖霞东南山顶上的观察哨发现情况后，由于雨水原因，没办法点燃烽火台报警，眼睁睁看着日伪军的大队人马从山底下穿过。

刘好一大早去了县城外的集市，在小吃摊等候跟王木秀接头。很快有消息传来，今天不准任何人出入城门，刘好觉得诧异，跑到县城大门外打探情况，果然城门紧闭，要进城的人在城门外拥挤成一团。下雨天封了城门，敌人有什么动作？正纳闷着，人群一阵骚动，紧闭的城门打开了，一个最先冲到城门的人，被日军捅了一刺刀，血流不止。"滚开，滚开，靠边站！"几个伪军大声吆喝着，人群呼啦一下散开了。随即，两队日伪军从城内开出来，直奔牙山而去。刘好一看这阵势，知道坏了，日伪军肯定是冲着兵工厂去的，他撒腿朝县大队驻扎的村子奔跑，去集结队伍伏击日伪军。可是来不及了，他刚把队伍拉出来，就听到了密集的枪声。

日伪军包围兵工厂的时候，兵工厂的工人正准备开饭，李大叔把一锅小米粥抬到了一个草棚内，工人们冒着小雨从四周的住处赶过来。雨天，山里的空气格外清新，能闻到泥土和青草的气味。突然间，几声枪响，打破了早晨的宁静，紧接着枪声密集起来，就连背后山顶上的警戒哨，都是枪声大作。周海阔一听就明白了，敌人已经包围了兵工厂。

周海阔跟政委陈景明简单碰了几句，两个人分头指挥大家突围。枪声就是命令，警卫排率先占领周边的有利位置阻击敌人，兵工厂的工人迅速抢运重要的机械和材料。周海阔一看不好，大声喊叫："来不及了，丢下，都丢下，快突围！"

几个工人舍不得那台柴油机，忙着挖坑掩埋，无论周海阔怎么喊叫，他们就是没听见。日伪军的先头部队冲下山来，那几个工人当场牺牲了。刘排长带领警卫排跟日伪军的先头部队混战一团，掩护工人们逃生。这时候，周海阔突然想起了白玉山，对身边的王木林说："白玉山呢？快去找白玉山，掩护他突围！"

尽管敌人来得迅猛，但兵工厂的工人们凭借熟悉的地形，三五人一组朝外突围。李大叔把一口还热着的铁锅背在肩上，喊槐花快走。槐花跑了几步，突然想起了白玉山，对李大叔说："爹，你快走，我去找白玉山！"

白玉山因为腿伤，早饭前在邓月梅屋子里换药。听到枪声，邓月梅立即冲出屋子，辨别枪声的方向。她虽然岁数不大，但参加了无数次战斗，经验非常丰富，听周边的枪声就知道兵工厂被敌人包围了。她回到屋子，拽着白玉山从窗户翻出去，钻进了屋后那一片刺槐林里。

槐花去了邓月梅的屋子，没有找到白玉山，发现屋子的后窗开着，知道他们是从后窗走了，于是也从后窗翻身出去，进入了刺槐林。追了不远，槐花就看到了邓月梅和白玉山的背影，白玉山的腿一瘸一拐的，走起来很费力。槐花喊叫一声，快速追上去。

"快，我背你走！"槐花在白玉山面前弯下腰，白玉山愣住了，不知道该怎么办。槐花急了，又喊，白玉山这才哆哆嗦嗦地趴在槐花后背上。

刺槐林里没有路，槐花背着白玉山深一脚浅一脚地跑着，一会儿就累得气喘吁吁。邓月梅在身后使劲托着白玉山的臀部，白玉山眼看就要从槐花背上滑下来了，槐花紧紧抓住他的两条腿，几乎要把手指抠进他的肉里。尽管白玉山看不到槐花的表情，但他能猜到槐花一定紧紧咬着牙，把吃奶的力气都使出来了。一个平时看似柔弱的女人，竟然能爆发出如此大的力量，让白玉山感到震撼，以至于不好意思趴在她背上了。他不停地要求把他放下，到最后干脆挣扎着把槐花晃倒了，两个人一起倒在地上。槐花爬起来，要训斥白玉山，却喘不上气来，只能用眼神表达她的愤怒，然后又弯下腰，让白玉山老老实实趴上去。白玉山推开邓月梅的搀扶，自己深一脚浅一脚地朝前奔跑，把邓月梅和槐花甩在身后。

三个人好容易跑出了刺槐林，前方已经有伪军封住了去路。伪军似乎发现了他们，朝这边开枪，情况非常危急。槐花没了主意，问邓月梅怎么办。现在邓月梅就是他们三个人的指挥员了。

邓月梅环顾四周，想找到一条逃生的路，可是没有。周边都是悬崖峭壁，白玉山拖着一条伤腿，不可能跑出去。她心里很焦急，又不想让面前两个人看出来，强装镇定地贴着岩壁走。无意间，她瞥见山体有一处很大的裂缝，足够藏下两个人，她立即让白玉山和槐花侧身藏进去，然后用几块石头塞住了石缝。其实如果有人走近石缝，很容易发现石缝里藏着的人。但在这种危急时刻，邓月梅只能这么做，剩下的就看白玉山和槐花的运气了。

伪军叫喊着越来越近了，邓月梅想把敌人引开，就朝伪军甩出去一颗手榴弹，又反身跑向刺槐林。伪军一看是个女八路，喊叫着追过去。

白玉山心里明白，邓月梅是为了引开伪军才这么做的，他藏在石缝里，能够清楚地看到邓月梅奔跑的姿态。伪军眼看就要追上邓月梅了，他忍不住要张嘴喊叫，被槐花捂住了嘴。渐渐地，邓月梅的身影不见了，她身后是一片枪声。

槐花捂着白玉山的手慢慢松开，而目光依旧停留在远处的刺槐林里。这时候，她感觉自己的手背湿湿的，原来是白玉山流下的泪水。她忙去看白玉山，发现他把脑袋使劲顶在石壁上，憋着声音呜呜哭。

"别怕，敌人找不到我们。"槐花凑近白玉山的耳边，小声安慰他。

白玉山摇着头说："不是，我是担心邓医生……"说着，他哭了。

槐花心里一阵感动，伸手给他擦拭泪水，似乎触摸到了他那颗柔软善良的心。尽管在一起两个多月了，槐花还是第一次离他这么近，狭窄的空间里，他像个孩子轻轻地啜泣着，槐花甚至听到了他的心跳。

她不由自主地摁了摁腰间，那颗一直为他准备的手榴弹还在。

十四

邓月梅选择的是一条死路，当她把手榴弹投向敌人，再次跑进刺槐林的时候，就做好了为革命献出生命的准备。没有豪言壮语，也没有复杂的心理斗争，就是单纯而朴素的感情，把生的希望留给自己身边的战友。

身后是嗷嗷叫的伪军，还有乱飞的子弹。邓月梅在一个坑洼处停下来，把身上重要的东西掩埋进杂草中，握紧最后一颗手榴弹，准备跟伪军同归于尽。

身后的伪军发现邓月梅藏起来了，都放慢了脚步，拉开距离小心地搜索。即使到了这时候，邓月梅也没有对死亡产生恐惧，反而替白玉山和槐花担心，希望他们能逃过敌人的追捕。这样想着，她竟然掏出笔和纸，给白玉山留下了几句话：

　　白玉山同志，我多么希望你能活着出去，如果你能活下来，请一定尽快研制出最好的武器，让前方的八路军多杀敌人，我谢谢你。革命的敬礼！邓月梅。

她写得飞快，字迹有些潦草。写完后，她把纸条塞进药箱里，把药箱掩埋在灌木丛中，似乎了却了一桩心事，她心里无比平静地等待着……就在这时候，她听到身后传来一阵枪声，忙从杂草缝隙看去，原来是王木林和几个工人跟伪军撞上了。不用问，王木林手里的三八大盖，是从敌人手里夺来的，他的后背上还背着一杆枪，腰上挂了一串手榴弹。这个家伙似乎就是为打仗而生的，打起仗来特帅气，而且手里的子弹越打越多，不管多么紧张的战斗，他都会想办法从击毙的敌人身上捞一把，或者子弹或者枪，不嫌多也不嫌少，反正不能赔本儿。

伪军遇到王木林的迎面痛击，担心在刺槐林里遭到埋伏，胡乱放了几枪就撤退了。癞子已经私下跟伪军们打过招呼，让他们打仗别死心眼儿，打得赢就打，打不赢就跑，谁他妈死了谁倒霉。

意外的相遇，让邓月梅激动不已，她从灌木丛里跳出来冲向王木林，喊道："王木林——我、我是邓月梅！"

王木林看到邓月梅，一阵惊喜，顾不得多说话，对她使劲挥了一下手，说道："哎呀，是你，跟上，快走！"

邓月梅跟着王木林跑出了刺槐林，翻越了一道山脊，在一条沟谷停下喘息。王木林靠在山坡上大口喘气，对着邓月梅咧嘴笑了笑，算是跟她正式打招呼了。他们还没有冲出敌人的包围圈，没有时间交谈，这个时候不需要太多语言，彼此都能明白对方的心情。

山路上到处是敌人的哨卡，盲目突围就可能成为敌人的活靶子，王木林决定熬到天黑再行动。摆在他们面前最大的困难，就是要躲过敌人的搜捕。王木林在四周观察了一下，选择了一处陡峭的山坡，这里恐怕连走兽都很难穿越，更不要说行人了，他断定日伪军不会攀爬这样危险的地带，于是让大家攀爬到山岩上，各自寻找一处可以藏身的地方，抓住根藤或石块，把身子放舒服，可以长时间卧着不动。安排好后，他挨个儿检查了大家的隐藏地点，觉得万无一失，这才放心地把自己挂在一块怪石上。这一天实在难熬，他们藏在荆棘里不敢活动，心里惦记着兵工厂里的其他人，不知道周海阔和陈景明是否安全，也不知道下一步该去哪里。

兵工厂的人员被敌人冲散了，各自朝周边的山头和沟谷突围，不断有枪声从茂密的丛林里传出来。有几次，日伪军搜索到陡峭的山坡下，仰头打量上面茂密的荆棘，朝山坡胡乱打两枪，就走开了。

他们成功躲过了敌人的多次搜捕。

周海阔是最后一个撤出兵工厂的，他带领四名警卫排的战士，牢牢扼守住山后的一条小路。这条小路从兵工厂屋后通往茂密的刺槐林，是大家逃生的最有利出口，邓月梅和槐花就是从这里把白玉山带出去的。有十几个日伪军企图从小路冲进兵工厂，被周海阔他们阻挡在一条沟壑里。高家沟村的民兵队长高玉堂听到枪声，带领十几个民兵从山下赶来，尽管他们的武器比较落后，但很适合山地作战。他们有的人爬到树上，举着地雷甩向敌人；有的藏在灌木丛里，等到敌人走近了，突然跃身扑上去，夺取敌人的枪支弹药。就这样，他们跟日伪军死扛了半个多小时，为转移人员赢得了时间。

兵工厂是敌人攻占的重点，大批日伪军围拢上来。战斗中，民兵队员一个个牺牲了，队长高玉堂也身负重伤。他吃力地告诉周海阔，现在唯一可以突围的路，就是对面的悬崖，从悬崖跳下去，或许还有活着的可能。周海阔想带着高玉堂一起走，高玉堂摇摇头，说："周厂长，我一直想跟你要子弹，没好意思张嘴，要是有了子弹，小鬼子休想……"

周海阔托着他的头，急促地说："高队长，我给你子弹，给你很多很多子弹！"

高玉堂听不到周海阔的话了，他已经闭上了眼睛。只是，他的嘴依旧张着，想要坚持把剩下的话说完。

周海阔忍着泪水，放下高玉堂，带着警卫排的战士从山崖纵身跳了下去。

刘好带领县大队的队员赶到牙山时，日伪军已经封锁了通往高家沟所有的道路，并在山顶上架设了机枪。他正焦急时，山坡下传来枪声，刘好断定是兵工厂的人在向外突围，立即指挥县大队的队员们，从背后袭击敌人。尽管有日军督战，但身后猛烈的火力，让伪军一下子就乱了阵脚，他们担心被八路军"包饺子"，纷纷朝石岩和山沟下躲藏，兵工厂的工人趁机打开了一个缺口。

突围出来的是政委陈景明，他身边有三十多个工人，算是兵工厂的大队人马了。陈景明告诉刘好，厂长周海阔带领警卫排的战士阻击敌人，生死不明。刘好听了非常焦急，他让陈景明原地不动，如果找到周厂长，会立即赶来跟他们会合。

周海阔他们跳下去的山崖下面，是一条被杂草掩埋的河流，他们成功地突破了敌人的包围圈。刘好沿着沟谷向上寻找，很快就发现了他们，还意外地遇到了背着铁锅的李大叔和铁匠李志新。李志新手提一个小铁桶，里面竟然装着兵工厂早餐没来得及吃的小米粥。他看上去很镇定，似乎不是一场生死逃亡，而是一次悠闲的旅行。

大家会合后，周海阔在灌木丛中召开了一个小会，分析了眼前的形势，采纳刘好的建议，决定将兵工厂转移到崮山的后寨村。栖霞境内有四座名山，牙山、崮山、艾山和方山，崮山在牙山的西边，远远看去像一头巨象。后寨村在崮山的最深处，非常适合兵工厂生存。

"我留下来，配合刘队长寻找走散的人，政委带领大家向后寨村转移。你们看见白玉山了吗？"周海阔最担心的还是白玉山的安全。

大家相互看看，都没说话，显然谁都没有看见。李大叔犹豫地说："不知道槐花找到他没有，槐花没跟着我走，她说要去找白玉山。"

周海阔扫视了大家一眼，说："没见王木林，他会不会跟白玉山和槐花在一起？我让他去保护白玉山，不知道他……我们要尽快找到他们。"

"还有邓月梅。"陈景明补充说。很明显，他心里惦记着邓月梅。

分工之后，陈景明带领兵工厂的大队人马，在警卫排战士的掩护下，向后寨村转移，周海阔和刘好带领县大队的队员，在附近寻找突围出来的幸存者。因为铁匠李志新就是当地人，熟悉这一带的地形，周海阔特意将他留下来做向导。

枪声停止了，山谷里很静，雨雾散去，云层中有阳光漏下来，山坡上到处可见一阴一阳的斑影。偶尔，远处山坡上传来日伪军的吆喝声，很快也就消失了。到了中午，日伪军在附近的村子用餐后，继续在周边的山沟和村庄里搜捕。康川断定兵工厂逃散的人，大多数仍在包围圈内。

周海阔寻找了大半天，没有找到走散的人，就对刘好说："我们要想办法进入敌人的包围圈，看看里面的情况怎么样了。"

刘好明白周海阔的意思，挑选了两名精干的队员，让他们想办法摸回高家沟，到兵工厂一带侦察情况。经过侦察发现，日伪军占领了兵工厂后，放火烧了那些用茅草搭建的车间。有两个工人因为忙着掩埋机械，被日伪军抓住，绑在车间旁边的大树上，用刺刀捅死了。还有四名警卫排的战士和七名工人，在突围中牺牲了。

大家听了这些消息，都沉默不语。刘好悄悄走近周海阔身边，低声说："周厂长，我们下一步怎么办？"

周海阔看着山下的村子，坚定地说："留下来，天黑后敌人就会撤回县城，他们不敢在外面过夜，我们趁黑返回高家沟一带，去寻找失散的同志。"

大家不约而同地抬头看头顶上的太阳，希望天色尽快暗下来。

傍晚时分，在山坡搜索的日伪军开始收兵了。西边出现了两道彩虹，被雨水打湿的树木已经干透了，茂密的丛林散发出潮湿而黏稠的气息。有微风吹来，闷热的空气透出一丝清爽。藏在山谷和丛林中的人，终于可以走出来透口气了。

王木林从山崖上下来，活动着有些僵硬的胳膊，使劲伸个懒腰，招呼大家准备出发。根据邓月梅的讲述，白玉山和槐花藏身的地方，应该是牙山北边的黑风口，王木林熟悉那一带。

虽然亲眼看到日伪军撤走了，但王木林还是不敢大意，带领邓月梅几个人专拣小路和山谷行走，也就半个小时的路程，他们就来到了黑风口一带。邓月梅根据记忆，顺利找到了白玉山和槐花藏身的石缝，却发现他们两个人都不在了，她堵塞在石缝的几块大石头，被丢弃在一边。

"肯定是这儿吗？这里面能藏人？"王木林看一眼石缝，再看一眼邓月梅，焦急地问。

邓月梅傻在那里，脑子里一片空白。到后来，她甚至出现了幻觉，看到白玉山和槐花依旧像开始那样，紧紧地贴在石缝内壁上。"白玉山，出来呀，你快出来！"她喊叫着，伸手从石缝里拽拉。

几个人抱住她，让她安静下来。"完了，白玉山被敌人抓走了，槐花被抓走了……"她两腿一软，坐在地上哭了。

王木林的心怦怦跳，如果白玉山真的被敌人抓走了，麻烦可就大了，周厂长把白玉山看得比什么都重要。突围的时候，周厂长让他去保护白玉山，可他却忙着阻击敌人，把白玉山忘在了脑后。还有槐花，如果落在小鬼子手里……亲娘啊，不会吧？他不敢想象了。面对着连绵起伏的山峦，他很想亮开嗓子大声呼喊。"或许他们看到敌人撤离后，就走出了石缝，那他们能去哪儿？兵工厂？"想到这里，王木林立即朝兵工厂方向奔去。

牙山脚下的村庄稀稀落落地分布在山谷中，由于人口不多，加上日伪军一整天的"围剿"，山路上不见一个行人。王木林越走心里越发慌，步伐也就越快，最后把邓月梅几个人远远地甩在了身后。突然间，他似乎听到有人喊他的名字，第一反应就是藏进路边的灌木丛中。接着，又是几声呼喊，尽管声音不大，但他听清楚了，是厂长周海阔的声音。一瞬间，他的心快从嗓子眼儿跳出来了，他一下子跳出去，朝四周挥手，喊道："周厂长，在这儿，我在这儿！"

喊叫了几声，却不见周海阔的身影，正纳闷的时候，周海阔从一棵树上跳下来，吓了王木林一跳。

"你驴一样嚎叫什么！刚听到喊声就答应，不怕上当？"周海阔嘴上责怪着，脸上却是激动的表情，问道，"你跟白玉山在一起？"

王木林的精神头儿一下子蔫了，摇头说："没有，我也在找他。"

周海阔还想再问什么，邓月梅几个人从后面走上来，看到这么多同志突围出来，周海阔忙去跟每个人打招呼。邓月梅握着周海阔的手，忍不住哭了，把白玉山和槐花的情况，告诉了周海阔。

王木林垂着头，不敢吭气。这次，周海阔没有责怪他，反而安慰说："你们能躲过敌人的搜捕就是胜利，都别着急，我觉得他们还活着。"

根据邓月梅的讲述，周海阔分析只有两种可能，白玉山和槐花或者被敌人抓走了，或者又隐藏到了别的地方。他跟刘好商量了一下，两人各带一个小组，分头沿着白玉山可能走的路线寻找，当晚三更时分，不管是否找到他们，都要返回这里集合。

最终，两个小组都失望而归。他们找遍了附近的山谷，还去了几个村子打探消息，都没找到白玉山和槐花的任何线索。周海阔不敢再耽搁了，天亮之前赶到了后寨村。

政委陈景明一直为周海阔他们担心，看到他们回来后，急忙让李大叔端出准备好的饭菜。邓月梅的额头有一块擦伤，陈景明走上前关切地询问，由于刚刚经历了一场劫难，他显得有些激动，忘了控制自己的情感，说话的语气过分温暖，竟让邓月梅红了脸。

就在大家高兴地哭笑时，李大叔默默地坐在一边，望着远处。东边的山顶泛出白光，天很快就亮了。他没看到槐花和白玉山回来，既然没回来，也就不用多问了。槐花是他的心肝宝贝，尽管他经历了很多苦难，却始终觉得甜美，因为他身边有单纯快乐的槐花。现在槐花没了，他突然觉得很累，连站起来的力气都没有了。

细心的周海阔很快发现了独自坐着的李大叔，他走到李大叔身边，想安慰李大叔几句，又不知道该说什么。李大叔明白周海阔的心情，不等他说话，就摆摆手，说道："不用安慰我，我想得开，要是槐花命大，一定能活着出来。要是……"

李大叔说不下去了，满眼泪水。他也不去擦拭，就任泪水在满是皱纹的脸上流淌。所有人都立即安静下来，为刚才的兴奋感到内疚，毕竟有很多人牺牲了，还有一些人生死不明。

周海阔把刘好拉到一边，让他尽快跟新派来的地下联络员取得联系，想办法从伪军那里打探消息，如果白玉山和槐花被敌人抓走了，一定会有消息传出来。刘好点点头，说："你放心吧周厂长，我尽快让联络员跟你们接上头。"

地下党的交通联络员都是单线联系，一旦中间环节出了问题，再要接头就大费周折了。刘好不知道城内的秘密联络点，只能又回到城外那个集市的小吃摊碰运气。他要了一碗羊肉汤和一个玉米面饼子，慢慢吃着。老板是个胖女人，据说曾经是富贵人家的太太，因为男人把家里的钱卷走了，不知道去了什么地方，她就用剩下的一点钱，开了这个小吃摊维持日子。小吃摊生意很淡，只有三五个客人，胖女人歪坐在一把椅子上，似睡非睡的样子。

警觉的刘好很快就发现，似睡非睡的胖女人，一直在偷偷看他。"哎，掌柜的，来点儿醋。"刘好朝胖女人喊。胖女人慵懒地站起来，拿着一个小罐儿放到刘好面前。

"哎哟，你这不是来吃饭，是来喝醋的，遇到你这种客人，我连醋钱都挣不回来。有新到的芋头，吃吗？"胖女人一脸怨气，看着刘好。

刘好觉得胖女人说话怪怪的，她最后一句话，是他原来准备跟地下联络员王冰接头的暗号。刘好愣了一下，装出不耐烦的样子说："我从来不吃芋头，要是有羊肝，我倒是想吃。"

"羊肝没有了，明天一早来才会有。"胖女人说完，似乎再懒得搭理刘好，转身回到椅子上坐下，又眯上了眼睛。

刘好明白了。第二天一大早，他又来到小吃摊，穿着一身红衣服的王木秀出现了，两个人顺利接上头。为了方便工作，王木秀对外的名字不叫王木秀，而是叫王冰。

王木秀已经知道兵工厂遭到敌人突袭，见了刘好，忙问损失情况。刘好说："你问得正好，就是要跟你说这事儿，很糟糕，牺牲了三十多人，柴油机、车床那些东西都丢光了，有两位同志可能被敌人抓走了。一个叫白玉山，男的；一个叫槐花，女的。这两个人非常重要，周厂长让你想办法打探他们的下落。"

听到白玉山的名字，王木秀忍不住叫了一声，急切地追问："白玉山？他被敌人抓走了？"

刘好说："不敢确定。昨天找了一夜，也没找到他们，凶多吉少。

你认识这个人？"

王木秀点点头，不等刘好再问别的，就忙着跟刘好告辞，两个人约好下次见面的时间和地点。刘好告诉王木秀，以后如有紧急情况，可直接去县大队驻扎的村子找他。

跟刘好分开后，王木秀直接去了城里的包子铺，通过包子铺的老板传递信息，让伪军内部的地下党情报员打探白玉山和槐花的下落。第二天中午，伪军内部的地下党情报员就传出好消息，敌人并没有抓到白玉山和槐花，张贵正带着伪军在高家沟一带搜索，好像就是在寻找这两个人。王木秀觉得奇怪了，伪军怎么知道白玉山和槐花不见了？她让情报人员回去仔细打探，如果真的是在寻找白玉山和槐花，问题就复杂了。

王木秀觉得自己必须尽快见到兵工厂的周厂长。她去了县大队驻扎的村子，向刘好简单说明了情况后，两个人就上路了。由于伪军活动频繁，刘好给王木秀准备了一头毛驴，让王木秀骑在上面，他牵着毛驴步行。毛驴上还驮了十几斤玉米和二斤高粱面，外人一看就能猜出，这是小两口儿回娘家。

刘好带着王木秀经过几道哨卡的盘查，最后走进后寨村的兵工厂。所谓兵工厂，就是在村子后面用茅草、松树枝和石头临时搭建起来的一些房子，算是兵工厂的车间，另有两个生产车间设在山洞里。

在一户群众家里，王木秀见到了周海阔和陈景明，向他们汇报了外面的情况。周海阔觉得既然伪军都在搜捕白玉山，说明白玉山一定活着。不过周海阔也有疑问，伪军怎么知道白玉山跑散了？王木秀说她也怀疑这件事，而且白玉山在兵工厂的消息，张贵早就知道了。

"根据我们地下党组织掌握的情况，张贵去白玉山家里兴师问罪、敲诈勒索，告诉白玉山的父亲，说有人在兵工厂见到过白玉山。如果是真的，这个人是谁？为什么要把这个消息告诉张贵？"王木秀隐瞒了自己跟白玉山的关系，她这个身份，家里的事情让别人知道得越少越好。

周海阔和陈景明都没有想到，这个叫王冰的联络员，真名叫王木秀，是王木林的亲妹妹。

政委陈景明肯定地说："有奸细，我们队伍里出了奸细！"

周海阔没说话，他把兵工厂的人员在脑子里快速过了一遍筛子，没有找到可疑的人。如果没有奸细，张贵怎么知道白玉山出现在兵工厂，又怎么知道他在这次突围中走散了，而且消息传得这么快，这么准确。今天伪军就在白玉山和槐花曾经藏身的黑风口一带进行拉网式搜索。周海阔长叹一声，懊悔地说："我怎么就没想到，这次敌人突袭高家沟，一定是得到了情报。太危险了，必须尽快挖出这个奸细。"

"我挨个儿人排查，挖出来剁成肉泥，王八蛋！"陈景明很少说这种话，他是真生气了。

周海阔点头，说这件事就交给政委了，注意别打草惊蛇，就我们几个人知道，一定要保密。当下要紧的，是我们也要派人去黑风口一带寻找白玉山和槐花，抢在敌人发现他们之前，将他们救出来。

刘好立即请战，说："这件事交给我们县大队，伪军白天搜捕，我们就晚上出来活动，只要白玉山还活着，就一定要把他找回来。"说完，刘好就起身跟几个人告辞，他要在太阳落山后，带着县大队去黑风口寻找白玉山。

王木秀因为要向地下党组织汇报兵工厂的情况，也跟周海阔和陈景明告辞了。周海阔送她走出后寨村村头的时候，王木林恰好扛着一根木头从一条胡同穿过去，他在忙着搭建兵工厂的车间。尽管他跟周海阔相距一二百米，而且只是匆匆瞥了一眼，但他看到王木秀的背影时，还是愣住了，站在那里没动。

周海阔送走刘好和王木秀，从村东返回来时，王木林忙迎上去，问道："周厂长，跟刘队长一起来的那个女孩子是谁呀？"

周海阔看了看王木林，很严肃地说："一个老乡。你问这个干什么？"

王木林意识到自己问了不该问的事情，忙解释说："我错了，不该问。"

王木林扛着木头快步走去。其实他脑子也就一个闪念，觉得像妹妹的背影，但很快也就否定了，妹妹怎么可能到这儿来？

然而，就是王木林这一问，让周海阔心里警觉起来。新来的联络员对于兵工厂太重要了，除去自己和政委陈景明认识她，兵工厂的任何人都不能再知道她的底细。刚才从王木林的眼神看，他似乎认识新来的女联络员。

按说，在兵工厂的工人当中，最让周海阔信任的就是王木林了，但在这种复杂的环境里，任何一个可疑的细节都不能放过。周海阔打定主意，一定要想办法排除这个疑点。

十五

　　张贵确实得到了消息，白玉山和槐花在黑风口一带失踪了，而这个消息就来自李志新。那天夜里，周海阔他们寻找白玉山和槐花未果后，去跟刘好会合的路上，李志新在山顶一棵大树下停下来，磕掉了鞋子里的沙子，这棵大树恰好是他跟外面的固定联络点，他趁机在那里留下一张纸条。虽然李志新小时候只读了两年书，识字不多，但足够他写情报用了。这些日子，李志新已经知道白玉山对兵工厂的重要性，知道他是周海阔的心肝宝贝，如果张贵抓住了白玉山，就是抓了一条大鱼。

　　事实的确如此。张贵得到这个情报如获至宝，他很想抓住白玉山，去跟康川邀功，可以讨来一挺机枪。张贵不是爱财的人，就喜欢两样东西，一是好枪，二是好看的女人，他掠夺来的钱财都换成了枪弹和散给了喜欢的女人。

　　张贵亲自出马，带着伪军去了黑风口，几乎把附近的山沟旮旯找了个遍，也没找见白玉山和槐花的影子，后来就把搜索的重点目标转向了附近的村子。张贵琢磨着，白玉山和槐花一直没回兵工厂，那就一定还隐藏在村子里。他吩咐癞子把人集中起来，挨个儿村子过筛子。最初癞子带着伪军挨家挨户搜查，只是抓了几头羊和一些鸡，别的没有收获。癞子又被张贵臭骂了一顿，骂他猪脑子，骂他最近一定没吃核桃之类的。张贵给癞子出了一招，癞子忍不住笑了，对张贵佩服得五体投地说："大哥的脑子就是灵光，兄弟这就去办！"

癞子让伪军们脱下那身皮，换了老百姓的衣服，走街串巷吆喝。"白玉山——槐花——你们出来吧，小鬼子和二狗子们都走了，我们在到处找你们，快出来吧——"伪军们一边喊叫，一边向街上的村人打听消息，问村人见到一男一女没有，他俩是八路军兵工厂的人。

这一招太狠了，村里的群众都被伪军迷惑了，主动给他们提供线索，有四名隐藏在群众家中的工人被抓走，还有一名工人听到外面的吆喝声，激动地跑出来，结果却扑到了伪军怀里。

村里的地下党和骨干群众发现上当后，立即把消息通知了县大队，刘好听后差点儿气晕了，伪军这么搞下去，不知道还会有多少人上当受骗。这次突围，兵工厂牺牲了三十多人，还有二十几个人下落不明，这些人很可能受伤后，被附近村子的群众隐藏起来了。最让刘好担心的还是白玉山和槐花，他俩都缺少斗争经验，遇到这种情况肯定要上当。

"这些王八蛋，收拾他们！"刘好觉得嗓子冒烟，恨不得三两步飞出去，狠狠教训一下张贵。按照原来的计划，他们白天睡觉，晚上才出去行动，现在必须改变战术，白天骚扰敌人，晚上出去找人。

白天行动，最大的危险就是容易把自己暴露在敌人的火力之下，尤其是袭击进入村子的敌人，搞不好就被包围在村子里，不但自己跑不掉，还要连累村子里的群众。刘好把县大队分成几个小分队，隐蔽在山路旁，采取多点开花，伏击路过的伪军，弄出很大的动静，让伪军的阴谋败露。这一招果然奏效，不但给隐藏的伤员传递了信息，也让伪军胆战心惊，不敢明目张胆地在村子里活动。

然而让刘好想不到的是，经过伪军的闹腾，隐藏起来的伤员害怕上当受骗，再也不敢浮出水面了，这让他们寻找白玉山的任务更加艰难，一连几天都没有任何进展。"白玉山和槐花是否还活着？"刘好开始怀疑了。

白玉山和槐花还活着，而且刘好还从他们藏身的村子附近走过。

那天邓月梅引开伪军后，白玉山和槐花并没有脱离危险，午饭后有几个小鬼子和伪军，把他们藏身的石壁仔细搜索了一遍。日军发现这个山壁有很多大大小小的石缝和洞穴，怀疑里面隐藏了八路。他们果然在石缝里找到了一个受伤的工人，用刺刀把工人捅死在了洞穴内。

幸好，白玉山和槐花在敌人搜查之前，已经从石缝里转移了出去。其实那些能够一次次死里逃生的人，很多时候都是巧合，是无法用理论去解释的。后来的事实证明，白玉山就是一个命大的人，有好几次都是一只脚踏进了阎王殿，最后还是因为各种巧合，让他像泥鳅一样溜走了。

这一次，注定白玉山命不该绝。

晌午时分，疲惫的日伪军在山顶上吃午饭，牙山脚下老庙后村的郝大宝牙疼，半边脸肿胀起来。他趁日伪军吃饭的空子，赶紧跑到山上采集一种草药，捣烂了糊在腮帮子上消炎。

这时候，藏在石缝里的白玉山已经站立了好几个小时，那条受伤的腿早就吃不住劲儿了，然而狭窄的石缝连活动身子的空间都没有，他只能像狗皮膏药一样贴在石壁上，身子僵硬成了一个标本。最难受的是，他早晨的那泡尿一直憋着。开始他还能忍住，到后来觉得小肚子快要爆了，就问槐花怎么办。槐花不让他说话，说："你闭嘴，懒人懒马屎尿多。"快到中午的时候，他又哼哼唧唧说憋不住了，槐花说憋不住就尿裤裆里。

赶巧上山采药返回的郝大宝路过这里，听到石缝里传出说话声，觉得奇怪，忙攀过去看个究竟，发现里面藏着两个人。郝大宝攀爬过去的时候，白玉山和槐花已经听到了动静，但是他们的身子似乎凝固了，没有做出逃跑的打算，只能听天由命了。他们知道，就算推开堵塞在石缝里的石块逃跑，僵硬的双腿也迈不开步子了。

他们一动不动，甚至没有发出一丝惊叫，倒是郝大宝吓得"哎呀"一声，差点儿从石崖上跌下去。惊恐之后，郝大宝明白了，里面藏的人肯定是八路军兵工厂的，他就壮着胆子又探头仔细看，看清里面有一男一女，很安静地看着他。

"你们是……兵工厂的人？"郝大宝低声问。

槐花看清外面站着的人不是敌人，这才张嘴说："老乡，我们是兵工厂的。"她发现自己的嗓子黏稠而苦涩，几乎发不出声音，好像声带断裂了一样。她想活动一下身子，但胳膊和腿不听使唤。

郝大宝犹豫起来。他觉得白玉山和槐花待在石缝里并不安全，而且在里面太憋屈了，总不能这么一直站下去。可如果把他们带回家，现在到处都是日伪军，万一被发现了，不但八路的命保不住，他们全家也要遭殃。就在他举棋不定的时候，槐花说："老乡，能不能给点儿水喝？"郝大宝向四周看了一眼，上哪儿找水呀？唉，干脆把他俩带回家吧。

白玉山和槐花被郝大宝拉出石缝，却不会走路了，两条腿僵直得像两根木棍，刚一迈步就摔倒了。郝大宝心里焦急，催促他们快站起来走，日伪军吃过午饭后就开始搜山，再不走就来不及了。他强行将白玉山和槐花拽起来，这才发现白玉山腿上有伤，走路一瘸一拐的，这个样子遇见了人，很容易被识破身份。

"你们俩别动，等我。"郝大宝说着，跳到路边的沟壑里，不一会儿工夫，他双手抱着一人多高的青草走上来，打成一个捆。白玉山负伤的是左腿，走路身子向左颠，他就把青草扛在白玉山的左肩上，正好掩盖了白玉山的缺陷。郝大宝带着白玉山和槐花，尽可能从堤堰或树林边走，以避开山顶日伪军的视线。

白玉山和槐花并不知道，午饭后日伪军就对他们藏身的石缝进行了搜索，如果郝大宝不带他们回家，他们必定落入敌人手中。

一路没有遇见一个行人，还算顺利，但是进村的时候，他们遇见了村里的保长。郝大宝主动跟保长打招呼，发现保长盯着白玉山和槐花看，郝大宝忙说："这是我表弟和弟媳妇，跟我上山挖药材的。牙疼，半面脸肿了，你看，肿成尿水泡了。"郝大宝把脸送到保长眼皮底下，保长皱着眉头，摆手让郝大宝快走。

郝大宝把白玉山和槐花带回家，叮嘱儿子小强在大门外放风，让老婆赶紧给白玉山和槐花准备饭。

郝大宝的老婆姓崔，槐花就叫她崔大嫂，说："崔大嫂，我们给你添麻烦了。"

崔大嫂是个爽快人，不许槐花说客气话，说道："姑娘见外了，你们抛家舍业地出来当八路军，给老百姓撑腰，怪不容易的，俺给你们做顿饭算什么？不兴说客气话！"

崔大嫂把他俩当成八路军了。白玉山和槐花相互看了一眼，也不纠正，借梯子上楼，扮起了八路军的角色。吃过饭后，槐花跟崔大嫂聊天，给崔大嫂讲了很多革命道理。她说的这些话，都是平时从政委陈景明嘴里听来的，没想到在这儿派上用场了。

槐花跟崔大嫂聊天的时候，郝大宝把刚采来的草药捣成了糊，敷在白玉山浮肿的腿上，说："看你的腿，至少也要住上几天，先别着急，我帮你们打听一下兵工厂搬到哪里了，找到了你们再走。"

郝大宝准备再去采一些草药，每天坚持给白玉山敷上去。然而只过了一天平稳日子，伪军就开始逐个儿村子搜查。郝大宝不敢让白玉山和槐花住在家里了，他们进村的时候，曾在村头遇见保长，保长的儿子就是伪军，爷儿俩没一个好东西，万一告密了，那他就是好心做了坏事。"怕鬼就遇见鬼，咋偏偏遇见他呢？"郝大宝心里直懊恼。

"今天夜里，我想把你俩送出去。"郝大宝对白玉山说。

白玉山不解地看着郝大宝，心里说，你把我们送哪儿呀？兵工厂被打散了，我拖着一条残腿能去哪儿？这样想着，他就对郝大宝说："我能不能再住几天？等我的腿好一些再走，我给你们钱。"

槐花也误解了郝大宝的话，以为他怕受牵连，就忙说："郝大哥别担心，我们现在就走。白玉山，我们走吧，已经给老乡带来麻烦了，决不能再牵连老乡。"槐花说完就扶着白玉山准备出屋。

郝大宝说："你们去哪儿？外面到处是二狗子，你们出去就等于送死，我不是要赶你们走，是要把你们藏到一个没人知道的地方。"

郝大宝说的这个地方，是他家的一块田，在村子后面。田边的山坡上有一座无主的坟墓，坟头是用青砖砌起来的，由于年头太久，坟头的青砖垮塌了，但里面的墓穴保存完好。后来郝大宝扩展土地，用石头砌了一道地堰，正好把坟头砌进去了。日军入侵栖霞后，郝大宝为防不测，将坟头的碎石扒开，换上了几块随时可以拆卸的石板，把坟墓变成了可以藏身的洞穴。经过风吹雨打后，石板的颜色跟地堰上的石头浑然一体，周边又长满杂草，很难分辨出来。

当晚，郝大宝给白玉山和槐花备了些食物，把他们送进了墓穴，然后又砌好了石板。墓穴空间虽然不大，但两个人坐在里面挺宽敞的。郝大宝告诉白玉山和槐花，千万不要自己出来，他会来送吃的喝的，等二狗子走后，就把他们送出牙山。

多亏郝大宝有了防备，第二天上午保长就带着伪军搜查了他家。保长得知伪军在寻找一男一女两个八路时，猛然想起了郝大宝带回家的两个人，为了领取奖赏，急忙向伪军说了这一情况。

保长带着伪军去郝大宝家里搜了几遍，没找到人，就问郝大宝："人呢？"

郝大宝指了指身边的老婆和孩子，说："都在呀。咋啦保长，是又要修炮楼还是啥公差……"

保长凶巴巴地说："少装蒜，你表弟和弟媳哪里去了？"

"已经走了。新媳妇，到我家认认门。"

胶东有这个风俗，刚过门的新媳妇，要在男人的带领下，去亲戚家走动一下，也叫作"认门"。这个理由显然骗不过保长，他又问了："哪里的？过去咋没听说你有表弟？"

"掖县的，我老婆门上的表弟。"

掖县距离栖霞还有上百里地，根本没办法查实。伪军有些恼了，用枪托捺郝大宝，让他老老实实交代。保长忙拦住了伪军，说："别打了，我对郝大宝知根知底的，他是憨厚人，不会说谎话的。"

郝大宝知道保长是个又奸又滑的家伙，不会被他的话迷惑住。等到伪军走后，他就交代老婆和儿子，这几天一定要小心，不管别人说什么，打死也不能出卖那两个八路，出卖就成了汉奸。

郝大宝打算熬过这几天，等风声过去，再想办法把白玉山和槐花送出牙山。但是过了三天，仍能看到伪军在附近晃动的影子，尤其是晚上，他家门口总有人盯梢。他就犯愁了，留在墓穴里的食物也就够白玉山和槐花吃一天的，再熬下去，恐怕他们两个人就顶不住了，要赶紧给他们送点儿吃的。晚上风险肯定很大，不但保长盯得紧，而且一旦被发现夜里去田地里，也找不到理由，反而是白天出门更方便些。郝大宝拿了两个玉米面饼子和几块地瓜，塞给了儿子小强，让他送到墓穴里。虽然儿子才十四岁，但从小就比较机灵，而且一个孩子出村子不会引起别人的注意。

小强把玉米面饼子揣进衣服内兜里，提着打草的篮子出了村子，刚过了村子北边的一条小河，准备去自家田头时，发现身后有几个人躲躲闪闪的。小强立即改变了路线，顺着河边朝下走，到了一处平坦的河面，脱了鞋下河摸鱼了。保长怀疑小强是去给白玉山和槐花送饭，但是盯梢了半天，小强一直在河水里玩耍。保长忍不住了，干脆带着几个伪军抓住小强搜身，就从他身上搜出了玉米面饼子和地瓜。

"这些东西，你要送给谁？"保长问小强。

小强并不慌张，说："自己吃的。"

"放屁！你自己能吃这么多？"

"我晌午不回家，在这儿抓鱼……"

小强还没说完，就被旁边的伪军用枪托子砸了几下，然后七手八脚地将他绑起来，吊在村头一棵树上。癞子亲自审问小强，把郝大宝也绑在了树上，说如果不交出白玉山和槐花，就把他俩一起烧死。郝大宝死不承认隐藏了八路，说小强平时吃不饱，兜里的玉米饼子是从家里偷出去吃的。癞子为了让小强说实话，就命令伪军用刺刀捅死了郝大宝，然后恐吓小强说："你要是不说实话，也把你捅死！"

小强看到爹死了，不但不说，反而哇哇哭着骂癞子，骂他老娘跟驴杂交了，骂他的秃头是驴蛋。

癞子审了半天，不但没找到白玉山和槐花藏身的地方，还被一个小孩子羞辱，又气又恼，就让伪军在树下堆了柴草，把小强活活烧死了。

崔大嫂抱着两具尸体哭天喊地，癞子又想把崔大嫂抓起来审问，村子里的骨干群众站出来，说保长太没人情味了，如果郝大宝家里真藏了八路，都死了两个人了，能不说出来吗？都是一个村子的，不能眼睁睁看着伪军折腾。骨干群众带头了，其他人也都纷纷谴责保长，情绪越来越激动。保长毕竟要在村里生活，不能跟所有人作对，于是就跟癞子讲情，把崔大嫂放了。

藏在墓穴里的白玉山和槐花，并不知道外面发生的事情。墓穴里潮湿闷热，白玉山的伤口感染了，开始溃烂，两三天也不见郝大宝来送吃的，白玉山就待不住了，说："郝大宝故意把我们送到坟墓里，要活埋了我们。"白玉山说完就要推开坟头的石板出去，被槐花制止了。

槐花说："郝大宝是个好人，要不就不会把我们带回家，他一直没来，就证明二狗子还在外面活动，现在出去肯定很危险，而且只要出去，再进来就麻烦了，他们无法把墓穴的洞口封严实。"

白玉山气呼呼地说："就算被抓走，也比活埋了好！"

白玉山要动手拆卸石板，槐花劝不住他，焦急之下，从腰间拔出那颗手榴弹，对白玉山说："白玉山，你敢动石板，咱俩就一起死在里面！"

槐花的声音听上去很恐怖，她是真动了气。白玉山害怕了，坐在一边不说话。槐花不敢松懈，一直握紧手榴弹，等着白玉山。不知过了多久，白玉山坐在那里睡着了，槐花才放下手里的手榴弹。后来，槐花听到白玉山说梦话，担心声音传出去，用手去推他的头，说别睡了，外面好像有声音。推了几下，白玉山才醒来，然后迷迷糊糊地问槐花天亮了吗。槐花觉得不对劲儿，摸了摸白玉山的脑门子，有点烫，槐花知道他病了。

本来三天没吃没喝的，白玉山的身体已经很虚弱了，再加上伤口溃烂，他的身子就烧烫起来。槐花不知道该怎么办，只能把白玉山的头抱过去，靠在自己腿上，让他躺舒服一些。有时候，白玉山会突然清醒一会儿，说："我渴了。"

"忍着。"槐花说。

"我饿。"白玉山说。

"忍着。"槐花说。

槐花说着，忍不住哭了，泪水滴在白玉山脸上。这时候的白玉山跟孩子一样可怜，槐花多么希望给他弄到吃的喝的。

白玉山发现槐花哭了，忙自责说："你别哭，我骗你，我不渴也不饿……"

白玉山这么一说，槐花哭得更凶了。

哭过后的槐花，也觉得头晕，浑身无力，她把头靠在了白玉山头上，两个人相依相偎睡着了。

时间静止了。

十六

　　郝大宝惨死的当天晚上，刘好就得到了情报，他专门去了后寨兵工厂，向周海阔和陈景明做了汇报。在刘好看来，既然老庙后村的保长向伪军告密，说郝大宝家里藏着白玉山和槐花，并且杀害了郝大宝和小强，说明保长真的见过白玉山和槐花，他俩很可能就是被郝大宝隐藏起来了。

　　这几天，周海阔得不到白玉山和槐花的消息，心急如焚，听了刘好的汇报后，他再也坐不住了。"不管郝大宝是不是隐藏了白玉山，我们都要去看看，要干掉老庙后的保长，为郝大宝和小强报仇，打掉汉奸的嚣张气焰，给群众一个交代。"周海阔边说边抓起手枪，通知警卫排排长来开会，今晚就采取行动。

　　从后寨到老庙后村，要经过两个炮楼，虽然夜里敌人不敢轻易出击，但也要有备无患。第一个炮楼内只有一个班的伪军，就算周海阔从炮楼下面经过，他们也不敢出来，最多就是空放几枪。第二个炮楼就不一样了，里面住了一个排的伪军，排长就是保长的儿子，而且炮楼距离老庙后村也就三四里路，如果知道老爹被县大队收拾了，他肯定会出来救援。周海阔让刘排长带领警卫排，埋伏在第二个炮楼外面，只要伪军敢出动，就趁黑消灭他们。

一切安排好后，周海阔和刘好带领县大队直奔老庙后村，途经第二个炮楼的时候，伪军摸不清县大队的行动目的，并没有全力抵抗。后来，伪军排长听到老庙后村激烈的枪声，觉得事情不妙，带领伪军要赶回村子增援，被警卫排打得缩了回去。

老庙后村的保长是土财主，住的是一个大四合院，家里养了十几个看家护院的，配有五六条好枪。县大队还没赶到的时候，他听到远处的枪声就警觉起来，命令手下的狗腿子爬上了屋顶和墙头，占据了有利位置。周海阔和刘好并不了解保长家的火力配置情况，队员们刚接近院墙，就有子弹从屋顶和墙头飞出来，尽管火力并不太猛，但他们居高临下，硬冲要吃大亏。周海阔急忙命令大家撤退到百米以外。

这时候，一个黑影扛着捆柴火走过来说："周厂长，你们掩护，我上去。"

周海阔一听就知道是王木林，心里说这小子什么时候跟来了？他要干什么？不等他问，王木林就说了："我把柴火架在他们家后窗，看他们谁还敢趴在屋顶上。"

周海阔恍然大悟，兴奋地说："是个办法。刘队长，掩护王木林上去！"

王木林得意地对刘好说："听见没有，给我掩护！"

刘好虽然生气，但还要配合王木林，他命令队员朝屋顶射击，吸引敌人的注意力，王木林趁机冲上去，把柴火放在后窗下面点燃了。

火苗顺着窗户蹿上去，很快就烧着了房子，屋顶的狗腿子一看房子起火了，都慌了阵脚，忙从屋顶往下逃。周海阔一招手，队员们一个冲刺，就拿下了院子，把保长从屋里的地道里揪了出来。

老庙后村的群众听说县大队抓住了保长，要公开审判，都从屋里走出来。村里人早就恨死保长了，看到保长被绑在台柱上，都捡起石头朝他身上砸。刘好站在台上，旁边有两个队员举着火把，还有一个队员提着一把大刀站在中央。刘好列举了保长的罪行后，下达了处死保长的命令。郝大宝的老婆崔大嫂拎着一把铁锹冲上去，要把保长的脑袋铲成肉酱，被周海阔制止了。

"我们已经知道郝大宝和小强的事情了，知道你一肚子仇恨，可是……"周海阔不知道该怎么跟崔大嫂解释。

说起郝大宝和小强，崔大嫂呜呜哭了，但是哭了几声，突然想起了白玉山和槐花，擦了一把泪水说："快，你们快来！"说完朝村外跑去。

周海阔心里一直惦记着白玉山，想尽快知道白玉山是不是被郝大宝藏了起来，看到崔大嫂朝村外跑，心里一阵狂喜，对刘好喊："快，跟上！"

众人跟着崔大嫂来到田头，看着她拽开地堰上的几块石板，一个洞穴就出现在他们眼前。周海阔对着洞穴喊叫白玉山的名字，喊了几声没动静。王木林拨开洞口的人，弯腰钻了进去，摸索着喊："槐花，槐花——"

他最先摸到了槐花的头发，想抱起槐花却没抱动。借着洞口火把的光线，他发现槐花怀里抱着白玉山，就一把将白玉山拽到一边，托着槐花喊："槐花，你醒醒，你没事吧？"

"白玉山呢？他在不在？"周海阔焦急地说，"别叫了，快把槐花送出来。"

王木林跪在洞穴内，将槐花和白玉山托出洞口，两个人都昏迷不醒。大家担心他们死了，七嘴八舌地呼喊，有叫白玉山的，也有叫槐花的。崔大嫂提醒说："快抬回俺家里，他们是饿的。"

刘好和几个队员小心地抬着白玉山和槐花，去了崔大嫂家，给他们喂了一些水。几分钟后，白玉山先醒了，看到眼前的周海阔和刘好，迷迷糊糊地问："我死没死？我是在做梦吗？"

王木林没好气地说："死了你还能说话？你命大福大造化大，死不了！"

槐花也醒了，她比白玉山清醒很多，看到周海阔和王木林，知道自己得救了，激动得流出泪水。她刚跟周海阔说了几句话，就想起了白玉山，忙问："白玉山呢？白玉山在哪里？他没死吧？"

周海阔安慰她说："白玉山也没事，你躺着别动。"

"我看看，他在哪儿？"槐花挣扎着坐起来。

槐花的目光被眼前几个人挡住了，没看到白玉山就躺在后面。白玉山听到槐花的话，把手从缝隙中伸过去，握住槐花的手说："在这儿，活的。"

槐花探身看了看白玉山，终于松了一口气，说："你没死就好，我死了你也不能死，你是兵工厂的老母鸡，指望你下蛋呢。"

王木林心里不是很舒服，现在白玉山在槐花心里，比他王木林重要多了。

这时候，崔大嫂已经做好了两碗面条端到土炕上，她把家里仅有的三个鸡蛋都放进面条里了。白玉山和槐花饿坏了，也不谦让，狼吞虎咽地吃了起来。

槐花恢复了一些力气，看到眼前的崔大嫂，就问郝大宝哪里去了，说多亏他救了他们，要好好谢谢他。屋子里一下子安静了，谁都不说话。槐花感觉气氛不对，转而问周海阔："咋啦？出什么事了？"

白玉山也问："他去哪儿了？把我们塞进坟墓，好几天也不去看一眼，差点儿饿死我们。"

周海阔觉得有必要把这件事告诉白玉山，让他知道自己这条命是怎么捡回来的，让他知道一个普通老百姓是怎样为抗日献出自己的生命的。周海阔就把郝大宝和小强的英勇事迹讲给了白玉山听，不等他讲完，一边的崔大嫂又哭出声来。

白玉山沉默了好半天，才抬起头看了一眼崔大嫂，并慢慢走到崔大嫂面前，跪下来，说："崔大嫂，你跟郝大哥都误会了，我、我不是八路军，我是给八路军造子弹的。你别哭了，崔大嫂，谢谢你救了我，从今往后，我白玉山就是你的亲兄弟，你认下我吧。"

槐花也走过去，用手揽住崔大嫂说："还有我，认下我这个妹子吧。"

在场的人都被白玉山和槐花感动了，忍不住跟着流泪。周海阔擤了一把鼻涕，让大家准备出发，他们要趁黑返回兵工厂。他跟刘好握手告别，说："刘队长，还要麻烦你一件事能不能帮我们搞一台柴油机？这次突围，原来的家底全折腾光了，没有柴油机，现在工人们只能用最原始的方式，双手拉动皮带，旋制枪的零部件。兵工厂要恢复生产，就必须尽快搞到设备。"

刘好点头说："可以是可以，但你答应给我的掷弹筒还没兑现，我要是搞来了柴油机，你还要给我二百颗手榴弹。"

周海阔有些不满了，说："前方部队急等着枪支弹药用，你讲什么条件？怎么总是爱讲条件？"

刘好想跟周海阔争论，白玉山走到刘好面前说："答应你，二百颗手榴弹换你一台柴油机，越快越好。"

白玉山心里憋足了劲儿，要想办法制造最好的枪和威力最大的弹药，要让日本兵和二狗子尝尝子弹的滋味。当天晚上回到兵工厂，很多人非常兴奋，仿佛打了胜仗一样开心，一直热闹到深夜。白玉山并不开心，他只是简单地跟邓月梅打了个招呼，就把自己关进屋里，虽然浑身疲惫，他却睡不着，躺在床上回想自己到兵工厂后的一幅幅让他感动和震撼的画面。

还有一个人跟白玉山一样不开心，他就是厂长周海阔。白玉山和槐花回来了，周海阔悬着的心放下了，但是短暂的兴奋后，他就陷入了深深的自责。在他看来，兵工厂遭到重创，自己负有不可推卸的责任，不但对敌人的防范措施不力，而且没有在紧急情况下如何转移的战术布置。

第二天早饭后，周海阔召开了兵工厂全体工人大会，在会上做了深刻检查。为了防止敌人突然袭击，他要求所有工人背着武器生产，随时投入战斗。之后，他带着刘排长仔细察看了后寨村的周边环境，研究紧急情况下组织大家转移的战斗方案。后寨村依山而建，三面是陡峭的山崖，形成天然屏障，只有村东一条小路通往山外，只要将这条路口卡死了，敌人很难进村。他指示刘排长在几个关键地方设立哨卡，埋好地雷，把通往村外唯一的山路挖条深沟，架上一座木桥，遇到敌人偷袭，将木桥拉下阻止敌人进攻。

当然，如果敌人突破了这条山路冲进后寨村，兵工厂的工人就无路可退了。

这天，周海阔站在村子后面的悬崖上，看着一百多米深的山谷琢磨着。尽管后寨村三面是悬崖，但也不是坏事，如果想办法从悬崖上扯一条绳子垂到深谷，遇到敌人偷袭就能从容转移了。山顶有拴绳子的巨石，也有粗壮的树木，但一百多米深的悬崖，去哪儿找这么长的绳子？即便有了绳子，怎么才能抓着绳子滑下去？别说兵工厂的女同志和岁数大的人，就是警卫排的战士，也没那么大的能耐。

正费脑子琢磨着，刘排长跑来喊他，说县大队长刘好来了，搞来一台柴油机。周海阔急忙往回走，嘴里说："这个刘好，还真有能耐，这么快就搞到了。"

回到兵工厂，周海阔发现联络员王冰也来了，原来这台柴油机是她通过地下党组织搞到的，功劳不算刘好的。但刘好要赖，说不管他怎么搞到的柴油机，兵工厂都要给他二百颗手榴弹。

两个人斗嘴的时候，站在一边的王木秀笑了。周海阔忙说："对不起，让他搅和的，忘了正事。王同志，你这次来，有什么好消息？"

王木秀说："我这次是为白玉山来的。地下党组织准备把吴太太和她儿子送回娘家去，以防不测。这件事情，要不要告诉白玉山？"

陈景明听后，当即表示不赞成告诉白玉山。

　　周海阔沉思了一会儿，问陈景明："老陈，我觉得白玉山的太太带着儿子回娘家，也不安全，张贵发现他们不见了，第一个想到的就是回了娘家，能放过他们娘儿俩？你说，把白玉山的太太和儿子接到我们兵工厂行不？"

　　陈景明一听，连说了几个不行，兵工厂一直是敌人"追剿"的重点目标，来这儿更不安全。再说了，兵工厂不是家属院，老婆孩子都来了，还有心思工作吗？

　　周海阔料定政委陈景明会反对，他说："我觉得，如果白玉山的太太和孩子来了，白玉山的心就踏实了，工作积极性会更高。"

　　王木秀听了，点头赞同，也觉得吴太太跟孩子到兵工厂更安全。周海阔就请王木秀想办法，尽快把吴太太和孩子接过来。商定后，周海阔就带着王木秀去见白玉山，说："王同志，你去参观一下我们的车间，或许能再帮我们一把，给我们搞一台车床来。"

　　刘好笑着说："周厂长最好一次把清单拉出来，别像羊屎球一样，一粒又一粒往外挤。"

　　周海阔听了，气得瞪了刘好一眼，说："你才羊屎球！"

　　几个人说笑着，走到车间门口，恰好遇到王木林走出来。王木林没注意走在周厂长身后的王木秀，却一眼看见了周厂长身边的刘好，就忙打招呼，说："感谢刘队长给我们送来了柴油机，这几天我拉皮带，把肩膀都勒出血了，你要真有能耐，再帮我们搞一台车床。"

　　这时候，王木秀认出了王木林，简直不敢相信自己的眼睛，一下子惊呆在那里。她惊讶的表情被周海阔看在眼里。周海阔想起她第一次来的时候，王木林看着她的背影疑惑的样子，突然觉得这两个人之间一定有什么关系。

刘好没注意王木秀的表情，说："王木林呀，你别整天油嘴滑舌的，你要好好表现，表现好了，我还让你回县大队。"

王木林撇撇嘴，说："拉倒吧你，请我回去我都不回了，周厂长让我去老虎连，正儿八经的当八路军，你以后见了我要打敬礼，别没规矩……"王木林没说完就愣住了，他认出了王木秀。

"哎呀，木秀，你怎么到这儿来了？"王木林惊叫了一声。

王木秀抑制住自己的兴奋，反问道："我还想问你，你怎么在这儿？哦，我明白了，你跟邓月梅是一伙的，原来你……"

刘好不知道发生了什么事，傻乎乎地问了一句："你们俩认识？"

"肯定认识呀，这是我妹妹。刘好，你带她来这里干啥？"

刘好不相信地问王木林："真是你妹妹？你能有这么好的妹妹？"

"别打岔，没跟你说话。"王木林走到妹妹身边追问，"你来这里干啥？"

王木秀说："我打听到白玉山在这里，想来看看他。"

"你跑这么远来看白玉山？你还没把他忘了？我就弄不明白了，白玉山哪儿长得好看，让你迷了心窍？我都替你脸发烧。"王木林说着，上前把妹妹头上围的一块红头巾摘掉了，说，"死难看的！我问你，爹妈咋样？回去别说我在这儿，我怕他们替我担心，晚上睡不好觉。"

王木秀满心喜悦，没想到哥哥竟然参加了革命，还以为他整天在外面不务正业呢。这样想着，心里责怪自己，上次哥哥陪着邓月梅回家，她就应该想到呀，真是粗心！她走到王木林面前，仔细打量着他说："哥，你放心吧，咱爹妈挺好的，好好干你的事情，我有你这样的哥哥，太自豪了。"

"我有你这样的妹妹，太丢脸了，以后不准来看白玉山。"王木林说。

周海阔终于明白了，原来她是王木林的妹妹。

刘好还没回过神来，问王木秀："王同志，他真的是你亲哥哥？"

王木秀点点头说："是，哥哥还能有假？"

王木秀担心刘好说出她的身份，没敢跟哥哥多聊，说她看过白玉山后，再回来跟他说话。王木林在木工组，白玉山在技工组，两个车间相距很远。王木林心里不痛快，妹妹来了不陪他说话，忙着去见白玉山，白玉山有那么讨女孩子喜欢吗？

既然遇见了哥哥，王木秀也就不隐瞒了，跟周海阔和刘好说："我的身份，对白玉山和我哥哥要保密，以后跟别人就说我是来看望哥哥和白玉山的。"

周海阔和刘好都明白了，点点头。

白玉山因为腿伤，在车间挂了一根拐杖，他不知道周海阔找他什么事情，当看到面前站着的王木秀时，还怀疑自己是在做梦，抬手扇了自己一个嘴巴。

"我没做梦啊？"他被自己打疼了，咧着嘴看王木秀。

王木秀笑着说："你没做梦，我可觉着在做梦，没想到白大哥来兵工厂了，还制造出掷弹筒，成了我心目中的大英雄。"

白玉山连连摆手，说："别误会，我可不是自愿的，是你哥哥那个王八蛋把我打晕了，不说这事，来了就来了吧。哎，你怎么跑这儿来了？”

“你失踪后，吴太太很焦急，后来知道你在这儿，让我来看你。”

“我儿子咋样了？”白玉山突然认真地问。

王木秀愣了一下，看着白玉山，半开玩笑地说：“你想儿子了？哎哟，白大哥也知道想儿子了？”

白玉山有些生气，说：“我儿子嘛，能不想？”

“你就想儿子，不想吴太太？”

“去去，我想她干啥？想她不如想你哩。”

“又胡乱说话，你现在可是八路军兵工厂的工人了，跟我们老百姓说话，要注意分寸。”王木秀说完，自己忍不住笑了。

看到王木秀，白玉山突然想家了。也奇怪，过去他经常半年不回家，也没这种感觉，现在离开家也就两个多月，他却想儿子白银，也有点儿想吴太太和父亲了，只是嘴上不好说出来。特殊环境，是可以改变人的。白玉山在兵工厂的这两个多月，经受了生死的考验，无形中被身边这些真正的男人感染着，内心情感和世界观悄然发生了变化。

“好吧，真想儿子了，我下次把他带来，好不好？”王木秀问。

“带到这里来？那不行，太危险了。”白玉山不假思索地说。

到了这个时候，王木秀必须把家里的真实情况告诉白玉山，说张贵三天两头上门找麻烦，留在家里也不安全，尤其是吴太太，已经被张贵盯上了。白玉山听后，气得火冒三丈，抓起一支枪就要去找张贵算账。王木秀和刘好几个人，都忙着稳住白玉山，而周海阔却站在一边，很受用地看着白玉山，一脸微笑。

“好呀，他总算有些男人的血性了。”周海阔心里想。

十七

张贵这些日子春风得意，因为他袭击兵工厂有功，康川不但给了他一挺机枪，还奖赏了他两根金条。他勒索白恒业的三百两银子也到手了，接下来就是琢磨吴太太了。

当然，要把吴太太抢回家很简单，只是那样做，吴太太不会顺从他，抢回去的只能是一具尸体。张贵要的不是一具尸体，而是一个柔软温润的女人。他想明媒正娶，让她服服帖帖地给他当姨太太，这就要费些时间了。在张贵看来，要征服吴太太，先要把白恒业的布店搞垮，让吴太太成为一团飘浮的柳絮。

他把这件事交给了癫子。

一天晚上，癫子带着几个伪军偷偷潜入白恒业的布店，将布店洗劫一空。本来白恒业为给张贵凑齐三百两银子，已经变卖了不少家产，连进货的资金都没了，布店被洗劫后，他就彻底垮了。

张贵觉得时机差不多了，就大摇大摆地去了白恒业家，说要跟吴太太说几句话。白恒业本来就怀疑是张贵洗劫了布店，现在看到张贵得意扬扬的模样，就证实了自己的猜测。虽然他不知道张贵要跟儿媳妇说什么话，但知道他没安好心。

"张队长，咱俩一向有交情，有什么事情跟我说。"白恒业拦住了张贵。

张贵做出很无奈的样子，说道："这事情跟你说不着，是白玉山的事，你能担得起来？"

"我是白玉山的父亲，他惹的祸，理应由我担责。"

"这事你担不了，滚开！"

张贵一把拽开白恒业，要去吴太太屋子里，白恒业急了，说："张队长，你别把事情做绝了，这年头要给自己留条路。"

张贵一看白恒业拉出拼命的架势，扑哧一声笑了，说："留条路？我张贵自从占山为王那一天，就没想过后路，怎么，就你这点儿能耐，想跟我支棱胳膊腿儿的，这不让人笑掉大牙吗？一边去一边去！"

白恒业抄起一把椅子，说道："你除非打死我，否则别想进去！"

张贵急了，对着椅子开了一枪，骂道："给你脸了是吧？再不躲开，我就毙了你！"

张贵的话音刚落，屋门开了，吴太太穿着一身旗袍走出来，看着张贵说："张司令来了，哎哟，举着枪干什么？"

吴太太一脸平静，淡雅如菊，一下子把张贵镇住了。张贵有很多女人，也长得好看，但都缺少吴太太这份气韵和味道。他嘿嘿笑了，很尴尬地收起枪，不由自主地整了整衣襟。"误会误会，让你受惊吓了。我今天是特意来拜访你的，可他，白恒业他……"张贵指着白恒业，不知道该怎么解释了。

"那就进来吧。"吴太太说。

白恒业惊呆了，他没想到儿媳妇会说出这样的话。张贵也无所适从了，不知道自己该不该进去，正犹豫着，看到吴太太侧身站在门口等候他，这才轻轻迈动步子，像个小偷一样走进屋子，眼睛四下看着。

吴太太把儿子白银交给了白恒业，说："爹，看好白银，我跟张队长说几句话。"

吴太太的镇定，让白恒业不知所措，机械地拉过了白银的手。

本来张贵想了很多对付吴太太的办法，现在看吴太太的神色，知道用不上了。他坐到椅子上，定了定神，说："你是个明白人，我也就不绕弯子了。白玉山参加八路，已经被皇军击毙了，按照皇军的命令，你们一家都要被处决。我呢，觉得你一副好模样，死了怪可惜的，就跟皇军说了情，如果你愿意……愿意给我当姨太太，就能免去一死。"说完，张贵观察吴太太的反应。

吴太太愣了一下，抬眼看着屋内的一个花瓶，一直不说话。

张贵又问："你不答应？要不，我给你三天时间考虑一下？"

吴太太走到花瓶前，抓起花瓶摔碎了，把张贵吓了一跳。"不用了，我其实没别的选择，这个家已经败了，待下去也没意思了，我答应了，张队长也就不用再派人闹腾布店了。"

张贵听了当即鼓掌叫好，说："吴太太真是爽快，那我三天后亲自来接你了。"

吴太太点点头说："我有一个要求，张队长要答应才行。"

"好好，你说。"

"我要把儿子送回娘家，可以吧？"

张贵眨巴了几下眼睛，连忙说："可以呀，这有什么不可以的？不过，我要亲自送你们回去！"

吴太太叹息一声，说："那就说定了，两天后吧，我准备一下。"

张贵满心欢喜地离开了白恒业家。

白恒业看着儿媳走出屋子，很想知道张贵来干什么，又不好张嘴问，急得直搓手。吴太太明白他的心情，就主动说了："爹，你别担心，张贵答应把白银送回姥姥家。"

"那你……不一起走吗？张贵到底想干什么？你可不能做糊涂事！"白恒业终于憋不住了，有些生气地看着儿媳。

"不会的，我不会让张贵占到一点儿便宜！"吴太太说话的声音很坚定。她已经想好了，把儿子送回娘家后，肯定要跟着张贵回城里，不过她绝不会做他的姨太太。她已经选择了跟那个花瓶一样的命运。

儿媳超乎寻常的淡定，反而让白恒业脑子里有一种不祥的感觉闪过，可他不知道该做什么，能做什么。突然间，他想到了王木秀，觉得她一定能做些什么。到了这种时候，白恒业也不顾面子了，当即去了对门的王土墩家里。

自从知道白玉山当了八路，王土墩对白家就高看一眼了，看到张贵一次次折腾白恒业，他心里很不是滋味。王土墩是个善良人，见不得别人受难，一直想伸手帮白恒业一把，又担心白恒业误解了。白恒业的布店遭到洗劫后，王土墩跟女儿王木秀说："白家日子不好过呀，你没事的时候，去吴太太家里瞅一眼，看能帮得上什么忙。我知道白恒业那人，死要面子活受罪。"

王木秀笑了，说："你不也是吗？还说人家呢，我知道了，这阵子二狗子总去他们家里找麻烦，都因为白大哥参加了八路军。"

王土墩看到白恒业走进自己院子，有些吃惊，看他一脸愁容，就知道他不是来找碴儿的，于是王土墩也放低了姿态，主动迎上去。

"今儿……有闲空了？"王土墩不知道该怎么打招呼，就试探地问。

白恒业听出对方是谦和的口气，忙举手作揖，说道："打搅了，打搅了，有点儿事情，想找王木秀帮忙，不知道她在家没？"

"看看，都老邻居了，说话总这么别扭，啥叫打搅呀？有事你才来？有事没事都来晃荡一下才对。"他跟当地那些朴实的人一样，你敬我一尺，我敬你一丈。他给白恒业拿过一个方凳子，用嘴使劲吹了吹上面的灰尘，说，"你坐、你坐，木秀出门了，一会儿就回来。"

白恒业就坐下了，在院子里跟王土墩聊天，开始有些拘谨，不过很快被王土墩的真诚感染了，如果不是因为心里有事，白恒业真想跟王土墩喝两杯。不知不觉，两个人聊了半个时辰，王木秀回来了。王木秀进屋看到父亲跟白恒业聊天的表情，心里一阵喜悦，两个别扭了半辈子的老邻居，终于能心平气和地说话了。

"白叔叔来了？"王木秀和白恒业打了个招呼。

王土墩忙说："才回来？你白叔叔是来找你的。"

"是吗？"王木秀知道白恒业突然来家里肯定有事，再看白恒业一脸为难的表情，就说，"爹，我跟白叔叔到屋里说话。"

白恒业不好意思地看了一眼王土墩，跟着王木秀进了屋，把张贵来家里找儿媳妇的事情告诉了王木秀。"这事我不好问，还是你跟她说说，千万别让她做傻事。谢谢你了。"白恒业对着王木秀作揖。

王木秀听完，心里咯噔了一下，没想到张贵这事情到了这种地步，她安慰白恒业说："白叔叔别着急，我约了个人要见面，马上出去一下，晚上去找嫂子。"

王木秀急着去见刘好，把这个新情况告诉他。这两天她一直在跟他研究如何把吴太太和白银送到兵工厂，因为伪军盯得严密，一直找不到机会。

王土墩看到女儿刚回家又要出门，就有些不高兴，说一个女孩子总往外跑，心都玩儿野了。这几天王木秀每天都不待在家里，还经常夜里出门，问她做什么，她就说约了个人见面。男大当婚女大当嫁，王木秀也只有这个理由可以糊弄父母。王土墩责怪女儿，一直不说话的老伴儿忍不住了，说王土墩多事，女儿二十多岁了，还跟在屁股后唠叨，她想约谁就约谁去，你让她一辈子待家里？

王木秀对父母说："我出门了，你们俩在家使劲吵吧。"

一般情况，刘好白天待在村里，到了晚上才出去活动，晚上是他们的天下。县大队行踪不定，经常变换村子，只有王木秀才知道他们的老窝。王木秀把事情讲完后，刘好高兴地拍着自己的脑门儿说："有办法了，张贵帮忙，事情就搞定了！"

刘好详细跟王木秀讲了行动方案。吴太太的娘家在西北方向，一定要经过艾山，县大队就埋伏在艾山的睡女峰，那里山路崎岖，路两边有很多灌木丛可以藏身，适合打伏击。王木秀有些担心，战斗打响后，会不会伤到吴太太和白银？刘好也担心这个问题，不过按照他的战斗经验，伪军听到枪响就会四处躲藏，县大队这时可趁机冲上去保护吴太太和白银。"你提前跟吴太太说好了，走到睡女峰的时候就要警觉，如果骑在骡子上，最好从骡子上下来走，听到枪声就趴在地上别动。"刘好说着，拿起一块石子，把艾山睡女峰的位置标了出来。

王木秀跟刘好商定好了行动时间，就返回县城，去了吴太太家，把行动计划跟吴太太详细说了。听说要去兵工厂找白玉山，吴太太当然高兴了，问题是王木秀怎么能跟县大队混在一起。当初白玉山是被王木林弄走的，现在王木秀又要把她和白银弄走，难免让她有些疑虑。她不担心自己的生死，而是觉得白银跟了白玉山，倒不如去她娘家，白玉山从来不知道照顾孩子，也不喜欢跟她在一起，真去了的话，白玉山能高兴吗？

她把这些疑虑说了出来，到了这种地步，她没什么可保留的了。王木秀告诉她，白玉山和王木林是八路军的人，这次行动是地下党组织安排的，已经征求了白玉山的意见，而且白玉山非常想念她和儿子。"我敢保证，白银去了兵工厂，一定比在他姥姥家安全。你想呀嫂子，你把白银送姥姥家，一死了之，可白银呢？张贵能放过白银吗？"王木秀这么一说，吴太太醒悟了，张贵如果受骗了，肯定要找白银的麻烦。这样想着，她就同意了王木秀的安排。

狡猾的张贵，自然想到了吴太太可能欺骗他，于是让二当家癞子亲自带着十几个伪军押送她回娘家，并叮嘱癞子路上小心，一定不能让吴太太跑了。伪军出发前，张贵给他们每个人发了一些赏钱，伪军们都很开心，一路说说笑笑，走得很卖力，想着早点儿回来，打牌或者喝酒去。癞子弄了一头骡子，让吴太太和白银坐在上面，一路上小心地照顾着。他嬉皮笑脸地对吴太太说："过两天你就是我大哥的七姨太了，我还要叫你小嫂子。哎哟，你可是小老鼠掉进粮仓里了，美吧？"

伪军只顾高兴，完全没有戒心，也想不到八路军和县大队会为一个女人和一个孩子打埋伏。经过艾山睡女峰时，吴太太说她和白银要撒尿，从骡子上下来，就往路边灌木丛走去。伪军们嘻哈笑着，说你可别一泡尿冲下去，弄得像山洪暴发一样。这时候，一直坚持吃核桃的癞子，倒是长脑子了，没忘张贵的提醒，他不准吴太太去灌木丛，指定了路边的一条沟坎，那里长了齐腰深的杂草。沟坎距离灌木丛还有五六十米远，不用担心吴太太逃跑。

隐藏在灌木丛里的刘好，看到吴太太和白银走进杂草中不见了，立即下令开枪，一排子弹打出去，当即有两个伪军被击毙，其余的伪军连滚带爬逃进了路边的灌木丛里。癞子听到枪声，却没有朝灌木丛里跑，而是扑向了沟坎草丛里，他害怕吴太太跑了，回去没法跟张贵交差。

刘好和队员们冲下来的时候已经晚了，癞子看到吴太太和白银趴在草丛里，一只手拽住白银的衣领，另一只手举枪对着吴太太。癞子喊叫："都别过来，过来我就开枪！"

刘好傻眼了，他没想到癞子听到枪声不逃命，反而抓住吴太太当人质。刘好紧张地喊："有话好说，好说，你放了他们，我就放了你！"

癞子说："老子不傻，放了他们老子就没命了。"

癫子拖着白银倒退着走，枪口指向吴太太，一点一点地靠近后面的灌木丛，只要进了那里面，他就像鱼进了大海，就能自由奔跑了。刘好心里焦急，却又不敢轻易行动，担心刺激了癫子。

白银吓得哇哇哭，吴太太眼睛看着癫子的枪口，屏住呼吸跟着癫子一步步朝前走，就在癫子快靠近灌木丛时，她突然扑上去，用力抱住了他。仓皇中，癫子开枪了。几乎在癫子枪响的同时，刘好的枪也响了，癫子的脑壳开了花，应声倒地。

几个队员冲上去，抱起了哭喊的白银。刘好扶起倒在地上的吴太太，发现她的胸口流血不止，忙给她简单包扎了一下，背起来就跑。山下，王木秀已经备好了骡马等候他们。遗憾的是，见到王木秀的时候，吴太太已经死在刘好后背上了。

刘好悔恨地看着王木秀，说："都怪我太大意了，害死了吴太太，我去跟周厂长请罪，我对不起白玉山……"

王木秀忍着悲痛说："这不能全怪你，别自责了，现在最重要的是把白银安全送到兵工厂，把吴太太也带上吧，让白玉山看一眼。"

兵工厂那边，周海阔和白玉山几个人早就得到了消息，在村东翘首等待，看到刘好他们走来，忙迎上去，看到骡背上的白银，都高兴地围拢上去。白玉山一把将白银抱在怀里，忍不住在儿子脸蛋儿上亲一口。

周海阔发现只有白银一个人，就问刘好："吴太太呢？怎么不见吴太太？"

刘好不说话，去看王木秀，意思是让王木秀解释。王木秀走到后面那头骡子旁，掀起了骡子背上的驮筐，说道："这儿，她……"

吴太太蜷缩在驮筐里，安静得像睡熟了。

白玉山怔怔地看着吴太太。他眼前出现了那天晚上离开家时的情景，没想到那就是跟吴太太的诀别。"你小心点儿，我和儿子等你回来……"这就是她没完全说出口的最后一句话。他后悔当时应该跟吴太太说点儿什么，这样想着，他忍不住用手抚摸了一下吴太太的头发。

有人哭了，听得出是邓月梅的声音。她毕竟见过吴太太，而且觉得吴太太是那么识大体，那么温顺可爱。

白玉山没有一滴眼泪，他的脸像一张白纸。

吴太太就葬在后寨村的西边，那里有一个山坡，上面孤单地长了一棵杨树，不知道当初是栽种的还是自然生长的。入葬前，白玉山要求邓月梅将吴太太胸前的子弹取出来，他不想让她带着敌人的那颗子弹入土。子弹取出来后，白玉山用衣服擦了又擦，然后小心地装进衣兜里。

邓月梅主动承担了照顾白银的任务，被叫作医务室的那间小房子，正好只住了她一个人，白银在她身边反而是个伴儿。第一天晚上，白银跟着邓月梅不习惯，睡觉前哭闹着找妈妈，邓月梅哄了半天没哄住，就抱着他去找白玉山，却没找到，问槐花，槐花也说不知道。槐花有些慌了，她腰间的手榴弹还在，可白玉山却找不见了。邓月梅让槐花别焦急，白玉山现在不会跑的，再说他想跑也跑不出去，村子只有一条出去的路，有哨兵把守着。槐花说："我找遍了，车间也没有，他能去哪儿？"

"我知道他去哪里了。"邓月梅抱着白银朝村子西边走去。

槐花急忙跟在邓月梅身后，她们一起出了村子，朝那棵杨树走去。老远，就看到有微弱的火光，不用问，白玉山在吴太太的坟前。她们放轻脚步走了过去。

四周很静，听得清楚蛐蛐的叫声。白玉山跪在吴太太坟前，满脸的泪水。没有纸钱，他只能找一些干枯的树叶，一片片烧着。邓月梅和槐花都被眼前的画面感动了，她们看到了一个有血有肉的白玉山。

邓月梅朝槐花招招手，示意走开。她不想打搅白玉山，让他一个人在这里陪陪吴太太。有夜风吹来，吹乱了邓月梅的头发，她伸手捋了捋发帘，顺带揉了揉眼睛。湿乎乎的，是泪水。

十八

张贵因为一个美梦付出了惨痛的代价，姨太太没娶成，还把二当家癞子赔了进去。更倒霉的是，顺子很快把这件事告诉了黑田，黑田又报告了康川队长。康川觉得自己被张贵要了，是张贵故意放走了白玉山，然后要把白玉山的太太据为己有。康川抓住张贵的衣领，打了他十几个耳光，如果不是张贵还有利用价值，康川真想一刀劈了他。

康川给张贵留了一条命，条件就是抓住白玉山。

张贵憋了一肚子窝囊气。癞子送吴太太回娘家，不但八路知道了，就连康川也知道了。张贵命令伪军把白恒业绑来审问，癞子遭到县大队伏击，说明白家在私通八路。

"说吧，到底是谁把消息透露给八路了？你要不说，我就把你喂狗！"张贵捂着被康川打肿了的脸，恶狠狠地对白恒业说。

白恒业已经被打昏了几次，可一个字也不说，气得张贵恨不得撬开他的嘴巴。

其实白恒业真的什么也不知道，县大队伏击伪军的计划，王木秀只告诉了吴太太。不过事后他也猜到了，这件事情跟王木秀有关系，当初白玉山去了八路军兵工厂，很可能就是王木秀一手策划的。

白恒业不张嘴说话，混进兵工厂的李志新也没有动静了，张贵急得抓耳挠腮，于是就贴出布告，三天后要公开处决白恒业。

王木秀得到消息后，去找刘好商量对策。"张贵张贴布告，就是想让我们上当，可如果眼睁睁看着白叔叔被杀害……"王木秀焦急地看着刘好说，等待他拿主意。

刘好眨巴了几下眼睛，突然说："这件事好办，张贵抓人，咱们也抓人。"

王木秀问什么办法，刘好不肯说，让王木秀回去等消息，保证张贵会乖乖地把白恒业放了。前几天，刘好就得到一个消息，明天张贵的母亲要回老家给张贵的父亲上坟，虽然会有很多伪军陪同，但这是个好机会，如果能够抓获张贵的母亲，就可以用她交换白恒业了。张贵是个孝子，不会丢了母亲不管的。

第二天，张贵派了上百名伪军，一路护送母亲回老家，可见张贵对母亲非常孝敬。刘好觉得在半路下手很困难，倒不是因为伪军太多，而是担心伤及张贵的母亲。想来想去，刘好想出个好主意，他带着一个队员提前埋伏在张贵父亲的坟地里。

伪军很狡猾，首先占领了坟地四周的有利地形，然后派兵守住所有路口，这才让张贵的母亲走进坟地烧纸钱。张贵父亲的坟墓是后来重新修建的，墓穴用青砖砌起，坟头前立了一块白色石碑。刘好和游击队员敲开几块青砖，就藏在高大阔气的墓穴内。

张贵母亲在两名伪军的陪同下，走到坟头前，将祭品摆在地上，开始烧纸钱了。两名伪军并没有注意坟头，而是看着远处，偶尔还悠闲地走几步。刘好从砖缝里看得真切，跟身边的队员每人瞄准一个开了枪。两个伪军倒下的同时，刘好和队员冲出坟墓，抓住了张贵的母亲。

周边的伪军听到枪声，立即围拢上来。刘好朝伪军喊话："你们都别乱动，看到了吧。老太太在我手里，谁要是乱动，打伤了老太太，张贵饶不了你们。给我闪开一条路，回去告诉张贵，我会好好照顾老太太的。"伪军们相互看看，都不知所措了，慢慢闪开一条路，眼睁睁看着刘好把老太太带走了。

张贵得知老太太被县大队劫持了，就猜出这事跟白恒业有关。果然，到了下午，大门外的伪军就进来报告，外面有人求见。来人是刘好，自报家门：县大队的大队长。张贵也不绕弯子，问刘好什么条件，刘好说很简单，放了白恒业，而且以后不能再找他的麻烦。张贵答应释放白恒业，不过因为已经张贴了处决的布告，如果毫无理由放了，就会引起黑田和康川的怀疑。张贵突然有了个一石二鸟的好主意，既能放走白恒业，又能挖出黑田藏在他身边的眼线。

过去处决地下党员或者抗日分子，都是在县城内的一处土坡上，这里四周开阔，便于警戒。但处决白恒业的时候，张贵却选在城外的沙河滩上，伪军都有些不解，因为出了城很容易遭到八路军和县大队的伏击，谁去执行这次任务谁倒霉。

张贵解释说："这次处决白恒业，目的就是要引诱八路上钩，所以才选择在城外沙河滩上，谁愿意去执行这次任务赏十块大洋。"

伪军们都不说话，他们不想因为十块大洋丢了脑袋。这时候，张贵的几个心腹站出来，说自己愿意去执行任务。顺子一听，也急忙站出来，说他想挣十块大洋。之前，伪军内部有人议论，说张贵母亲被县大队劫走了，肯定要用老太太来换白恒业，顺子就想监视处决白恒业的整个过程，以便向黑田报告。但他不知道这些议论都是张贵一手安排的。

张贵略有吃惊，没想到一向胆小怕事、点头哈腰的顺子，竟然是黑田的眼线。为了让顺子彻底暴露出来，张贵给每个人发了十块大洋，说："你们都给我把眼睛睁大了，不要让八路钻了空子！"

张贵这话其实是说给几个心腹听的。几个心腹心领神会，押着白恒业出了城。这时候，刘好已经带领县大队埋伏好，看到伪军押着白恒业走来，就朝空中放了两枪，张贵的几个心腹听到枪声，丢下白恒业撒腿就跑。顺子愣了一下，还想再待一会儿看个究竟，一颗子弹从他耳边飞过，吓得他连滚带爬地逃走了。顺子一边跑一边想，张贵这是装样子，故意把白恒业放走了，一定是跟八路谈成了条件。

伪军跑出很远才停下来，大家凑在一起商量，说："我们每人领到十块大洋，却把白恒业丢了，回去怎么交差？干脆就说已经处决了，埋在了沙滩里，都同意吗？"

几个伪军立即赞成，说如果让队长知道了，不但十块大洋要收回去，还会受到严厉的处罚。顺子也跟着点头。

伪军们返回县大队交了差，张贵很高兴，让大家拿了大洋去喝酒。顺子觉得时机到了，偷偷去向黑田报告，半路上就被张贵的几个心腹摁住了，堵上嘴丢进了一口深井里。第二天，黑田听说顺子开小差了，明知道里面有问题，却又不好直接审问张贵，只能逼迫张贵尽快抓到白玉山。

张贵向康川发誓，一定要找到兵工厂，活捉白玉山。这次张贵不是糊弄康川，而是从心里想抓到白玉山。自从他知道白玉山这个名字，日子就没清闲过，不仅把二当家赔进去了，还差点儿把老母亲的命搭上，他要看看这个白玉山到底有什么能耐，值得皇军和八路下血本争抢。

张贵心里很焦急，每天派人去几个固定联络点察看，希望能找到一张纸条或者什么标记。一天天过去了，李志新如石沉大海，没有任何消息。

由于后寨村比较偏远封闭，奸细李志新找不到机会出去送信，兵工厂度过了一段比较安宁的日子。天气转凉，白玉山的腿伤好得特别快，可以丢掉手里的拐杖走路了。

当然这里面有邓月梅的功劳。邓月梅原来跟白玉山接触很少，因为白玉山的腿伤化脓了，每天都需要清洗换药，所以每次换药都免不了聊几句。有一次，白玉山去了邓月梅的屋子，发现她不在，就自己打开药箱换药。不经意间，他看到药箱底部压了一张纸条，就好奇地打开看了，竟然是写给他的：白玉山同志，我多么希望你能活着出去，如果你能活下来，请尽快研制出最好的武器，让前方的八路军多杀敌人，我谢谢你。革命的敬礼！邓月梅。

白玉山一看就明白了，这是邓月梅准备牺牲前给他的留言。邓月梅没想到自己留下这张纸条后还能活着突围出去，于是她就把这张纸条一直压在了药箱底部，算是个纪念。

白玉山看完纸条愣在那里，脑子里全是邓月梅为了引开敌人朝刺槐林奔跑的姿态，还有她飞扬的头发。连邓月梅走进屋子，他都没有觉察。邓月梅上前拽下他手里的纸条，把他吓了一跳。他看着邓月梅，激动地张了张嘴，可不知道该说什么。邓月梅看到了他的表情，却像什么事情也没发生，对他说："把裤腿撸起来，换药。"

换完药后，白玉山鼓起勇气说："这个，你是写给我的，给我吧。"

他指了指那张纸条，邓月梅没说话，他就伸手拿了，小心地装在兜里。尽管彼此都没说什么，但其实心里都有了一份感动。

再后来，邓月梅主动承担照顾白银的工作，难免经常跟白玉山凑在一起，说一些关于白银的话题。比如白银拉肚子了、白银说梦话了、白银尿床了、白银识字了、白银……虽然都是一些鸡零狗碎的事情，但两个人说起来很认真，时间久了，哪一天不找点儿白银的事情说说，这一天就过得索然无味。

白玉山的腿伤差不多好了，就跟周海阔请求，不让槐花照顾他了。"我又不是孩子，不想搞特殊。"周海阔听了很高兴，觉得白玉山就是一个慢慢长大的孩子，就连一向挑剔的政委陈景明，都承认白玉山像个革命者了。

槐花已经习惯了照顾白玉山，离开白玉山身边，觉得不知道该做点儿什么，转来转去又转到白玉山身边了，帮他干这干那的。白玉山担心王木林笑话他，就让她离自己远点儿，说："你再不走，我就生气了。"槐花才不管他生不生气，照样跟在他身后，而且怀里还揣着那颗手榴弹。白玉山觉得好笑，就拿了一颗他最新研制的手榴弹，交给槐花说，"把你腰里那颗换了吧，都让你身上的臭汗浸坏了，还能拉响啊？"

槐花想了想，就把身上的手榴弹换成了新的，依旧揣在怀里。

这天，槐花偷偷给白玉山洗衣服，意外地发现了他兜里的那张纸条，误以为白玉山不用她照顾的原因，是因为跟邓月梅好上了。一向开朗直爽的槐花，再看到白玉山跟邓月梅在一起说话的时候，心里就很烦，还偷偷地哭了几次。不知不觉间，她已经爱上了白玉山。

槐花不知道自己喜欢上了白玉山，王木林却早就看出来了，因此王木林对白玉山一肚子气，得着机会就挤对他。槐花发现王木林故意欺负白玉山，又忍不住站出来替白玉山鸣不平，王木林就更郁闷了。

白玉山不但不在意王木林对他的态度，反而对王木林没有了先前的恨，闲下来的时候主动跟王木林请教射击和刺杀。在兵工厂这些人中，王木林的枪法是最好的，就连警卫排的战士都很服气。王木林心情好时，也会在白玉山面前显摆自己的枪法，告诉白玉山一些射击窍门，不过每次给白玉山传授技艺，都要挖苦白玉山的笨拙。"你眼珠子瞎了还是歪了？让你瞄准这棵树，你瞄哪里啦？就你这个样子，拿着枪就等于拿了根烧火棍。"不管王木林如何挖苦，白玉山都不反驳，他憋足了劲儿要练好枪法，要把子弹射进敌人的胸膛。

兵工厂虽然上战场的机会不多，但打枪的次数不少，因为他们每天都要复装子弹，还负责修理前方部队送来的坏损枪支。修理好后，他们要在山洞里做测试。这项工作，一般都是由王木林来完成。有一天，王木林想给白玉山上一课，就在前面摆了一排小石头片，让白玉山举枪射击。他估计白玉山命中不了几块石头片，那时候他就可以表演给白玉山看。可是白玉山没给他表演的机会，那些石头片全被打中了。王木林以为白玉山是瞎猫碰上了死耗子，于是又摆了一排石头片，让白玉山射击，还是一块石头片都没剩下。王木林有些想不明白了，甚至有些生气，白玉山才拿了几天枪？真是神了！

白玉山也觉得惊讶，忍不住对王木林说："木匠师傅，你试试？"

白玉山跟王木林学习枪法后，就称呼他木匠师傅，因为他知道王木林当了两年小木匠。王木林觉得白玉山在向他挑战，于是就拿出自己的看家本领，很认真地瞄准射击。到最后他很尴尬，因为接连打了几次，都不如白玉山打得精彩。最可气的是，白玉山站在一边嘿嘿地笑。王木林气得朝白玉山瞪眼，为了给自己找台阶下就说道："你笑个屁！到了战场上就不是这么回事了，到时候你吓得腿都哆嗦，哪还有准星啊！绣花再好看，没香味，有本事咱俩战场上比个高低。"

其实这就是白玉山吃饭的本领，当年出去学习修理汽车的时候，就是因为一看就会才被师傅赶走的。

自从被独立营尖刀排营救出来后，白玉山就发誓要制造日军的那种小钢炮，但是他没见过小钢炮，根本不知道小钢炮的结构。他问周海阔能不能找到一门小钢炮，只要他见到了，就能造出来。周海阔就打听周边的八路军部队，有没有缴获到日式小钢炮的，如果有就带着白玉山去参观，打听了一个月，也没有找到日军的小钢炮。如果一场战斗能缴获一门日式小钢炮，那可是重大胜利，比消灭一个小队的日军还荣耀。

后来，周海阔从老战友那里得到一个好消息，老战友的一个亲戚，在潍坊国军的兵工厂当厂长，姓贾，不过因为是八竿子打不着的亲戚，再加上这位亲戚挺牛气，所以两个人很少来往。周海阔觉得只要有一线希望就要去争取，他让老战友写了一封介绍信，带着白玉山和王木林去了潍坊国军兵工厂，说是江南春老家的亲戚，路过潍坊，想跟他见一面。大门口的卫兵打了电话，回说江南春不见。周海阔没了主意，连人都见不到，更不要说参观他们的小钢炮和机械制造流程了。

三个人住进了旅店，晚上凑在一起琢磨主意，周海阔说不管想什么办法，这次来一定要见到贾厂长，不能白费了鞋。白玉山想出一个主意，干脆跟贾厂长说真话，就说八路军兵工厂的技师登门拜访，要跟国军兵工厂的技师切磋技艺，如果贾厂长不敢见面，就是认输了。周海阔一想，这主意不错，既然贾厂长是个牛人，一定会接受挑战的。再说了，眼下国共建立了民族统一战线，虽然国民党明里一套暗里一套，但表面上的礼节还是有的。

第二天上午，贾厂长果然派人到警卫门口接他们。来人见面后不说话，冷眼斜视着他们，那眼神好像他们是要饭的穷亲戚。王木林也不示弱，朝地上吐了口唾沫，两个人的目光就搏杀在一起了。周海阔急忙上前自我介绍，说："劳驾你跑来接我们，谢谢了。"

来人在鼻孔里哼了一声，算是打过招呼了。王木林受不了这样的待遇，说道："你平时都是用鼻子说话？"

周海阔一把将王木林拽到后边，气得剜了他几眼。好不容易联系上了，如果闹起来，那可就再也没办法补救了。

"你不说话没人把你当哑巴，蠢货！"周海阔训斥了王木林，又对来人讨好地笑笑说，"这人脑子不够用，心眼儿也缺点儿，别搭理他。"

来人又用鼻孔哼了一声，扭了下嘴巴，意思是跟他走。几个人小心地跟在来人身后，边走边东张西望着，曲径通幽的小路、争奇斗艳的鲜花、平整如毯的草坪，怎么看都不像是兵工厂，倒像是私人花园。王木林心里又愤愤不平了，心说他妈的国军也太讲究了，拉泡屎也要整个形状。

大约走了一刻钟，他们走进一栋两层小楼，见到了贾厂长。周海阔握着他的手说："你好贾厂长，我是八路军胶东兵工厂厂长，姓周。"

贾厂长轻轻握了手，解释说："我姓贾，但我是真厂长，不是假的。"

周海阔笑了笑，说道："我也不是假的。"

"假不假，试一下就知道了。贵军想来切磋什么？是机械制造还是化学弹药？"贾厂长指着刚才去警卫门口接他们的人，高傲地说，"这是我们的江技师，陆军学院的优等生，就让他跟你们切磋吧。"

周海阔把老战友的推荐信递上去，说："实不相瞒，我们是来向友军学习取经的，听说你们制造八二迫击炮，就带着我们的技师来参观一下制造流程。因为担心贾厂长不接待，才出此下策，还望多多包涵。"周海阔这么一说，贾厂长不高兴了，说："什么参观？就是来偷艺的，请你们离开吧。江技师，送客。"

贾厂长转身要离去，白玉山急忙拦住了他，说自己是八路军兵工厂的技师，愿意跟江技师切磋技艺，只是从来没接触过化学弹药，没法跟江技师切磋。江技师在鼻孔哼哼两声，终于张嘴说话了："我在陆军学院学的是爆破专业，在这之外的任何一项，请白技师挑选，无论是搏击还是刺杀，我都愿意奉陪！"

白玉山当时就哑巴了，就他那小胳膊小腿的，能被人家劈断了。王木林心想："你这是公开叫阵，有本事跟我来呀。"王木林心里的火气上来了，也不管周海阔一个劲儿拿眼剜他，一步跨到了江技师面前，说道："江技师，我是木匠出身，在兵工厂木工组，负责制作手榴弹把柄，我愿意替白技师陪你过几招，搏击刺杀你挑选吧。"

站在一边的贾厂长当即叫好，拍了几下巴掌。江技师选择了刺杀，几个人一起到了外面的操场上，立即有人扛来两支步枪。围观的人特别兴奋，还没开始就叫上好了。

王木林接过步枪，在手里掂量了几下，一副胜券在握的样子。贾厂长刚下达了开始的口令，他就一个箭步冲上去，对准江技师的咽喉刺去。江技师倒提着步枪，用枪托一挡，将王木林的刺刀拨到一边，同时翻动手腕，刺刀劈向王木林，紧接着就是一连串的弓步，脚掌拍打的地面啪啪响。王木林倒退不及，一个趔趄坐在了地上。

一阵喝彩中，王木林尴尬地站起来。

王木林太轻敌了。这个姓江的技师就是江南春，高个子，宽肩膀，人长得很帅气，而且很有军人气质。虽然在国民党陆军学院学的是爆破专业，但其他军事项目也很精到，尤其是拼刺刀，能跟日本兵的教官搏杀几十个回合，可见功力很不一般，别说一个王木林，就是三个四个王木林，也不是他的对手。

江南春乜斜了一眼王木林，鼻孔又哼了两声，说："就你们这水平，还来切磋技艺？让你们看了八二迫击炮，你们也造不出来。"

白玉山见王木林丢了脸面，心里挺不是滋味的，就想替八路军兵工厂挣回些面子。他对江南春说："只要你让我看一眼迫击炮的构造，我就能组装起来。"

江南春肯定不相信，一个从来没见过八二迫击炮的人，看一眼就能记住？他问白玉山："如果记不住怎么办？"

白玉山说："你看着办，听你的处置。"

江南春想羞辱白玉山，说："如果记不住，你就留下来给我端洗脚水。"

白玉山没犹豫就答应了，说："我要是记住了，你跟我回兵工厂，我不用你端洗脚水，你去当我的师傅，教我研制火药，敢赌吗？"

不等江南春说话，贾厂长就说："好，我答应了。"

周海阔急忙给贾厂长道歉说："我们不参观了可以吧？虽然白技师在你们这儿不算人才，在我那里可是宝贝，我赌不起，我怕赔了夫人又折兵。"

贾厂长嘿嘿笑了，一挥手说："那就走吧。"

周海阔拽着白玉山要走，白玉山小声说："周厂长，这个人很牛，肯定不简单，他是搞爆破的，对我们太有用了。你让我制造枪炮可以，但我不会研制炸药，没有炮弹，搞出枪炮有什么用？这是个机会，跟他赌一赌，我肯定赢！"

白玉山挣脱了周海阔的手，走到贾厂长面前说："我答应，希望你能说话算数。"

贾厂长带着白玉山去了车间，里面有一门大炮，但不是迫击炮。贾厂长说："认识这是什么吧？"

白玉山摇摇头。

　　周海阔凑上去看，也没看出啥名堂，忙问："这家伙好大，什么炮？"

　　贾厂长说："日式九二步兵炮，也叫平射炮，比八二迫击炮威力大多了，我们缴获的，拉到这儿修理。"

　　白玉山忙说："那我不看八二迫击炮了，看这个行吗？"

　　"看这个，你能造出来？看吧，看几眼都行。"贾厂长略带讽刺地说。

　　白玉山走到九二步兵炮前，测量了一下炮身，拿起工具拆卸了半个小时，面前堆了一堆零部件。然后，他又快速将这一堆零部件组装起来。

　　贾厂长在一边看傻了，心想这小子有两下子。江南春不肯轻易认输，从车间拿来两挺重机枪，让白玉山看仔细了。他把两挺重机枪拆卸后，丢给白玉山一堆零部件说："咱俩一起组装，如果你能赢了我，我现在就跟你走。"

　　白玉山拽着自己的后衣领，把上衣提到头上，蒙住眼睛跟江南春比试。他组装完零部件后，就听到周海阔和王木林兴奋地鼓掌，知道自己赢了，忙拽下衣服，发现江南春瞅着他看，手里还拿着一个零部件。原来江南春看到白玉山组装的速度，就知道自己输定了，干脆放弃比试，欣赏白玉山的表演了。

　　周海阔和贾厂长都不知道该说什么话了，在场的人也都噤声，空气瞬间就凝固了。最终，江南春先醒悟过来，站起身对贾厂长说："我输了，贾厂长。"

　　贾厂长还算条汉子，当即说愿赌服输，同意将江南春借给周海阔用三个月。周海阔请求借用一年，说三个月时间太短了，请贾厂长给个面子。周海阔说得谦虚诚恳，贾厂长也就顺坡下驴，说既然周厂长再三请求，那就借用一年吧。

当天中午，贾厂长特意宴请了周海阔，也算是给江南春送行了。他端着一杯酒站起来，对江南春说："江技师辛苦了，希望你能不辱使命，为党国争光。"

江南春给贾厂长敬了一个军礼，说道："请贾厂长放心，我谨记您的教诲。"那份庄严，好像是去完成一项神圣的使命。

周海阔几个人也轮番给江南春敬酒，欢迎他去八路军兵工厂，江南春只跟周海阔和白玉山碰了酒杯，却把王木林晾在一边。很显然，他不喜欢王木林。这两个人碰面的第一眼就充满了敌意，气场相互排斥，又各不相让。王木林一看江南春没跟他碰杯，眼睛根本就没看他，甩手把一杯酒泼在地上。周海阔心里生气，却又不能批评王木林，他就是这种性格，惹急了他，能把桌子掀翻了。如果他没有这股霸气，也就不是一条汉子了。

午餐在紧张和尴尬的气氛中草草结束了。

十九

第二天，周海阔就带着江南春返回后寨村，那份激动就不要说了。政委陈景明连连摇头，说周海阔又给他找事做了，白玉山才走上正道，又弄来一个国军技师，就等于把猫跟狗、鸡和鸭关一个笼子里，能不掐架？再说了，国军能遵守我们的纪律吗？别忘了是借用一年，他要是不听指挥，你能把他怎么样？周海阔嘿嘿笑，他心里有自己的算盘，名义上是借用，可他根本就不想再把江南春放走了，这么好的人才，怎么也要想办法留下："政委，你是做思想工作的，肯定有办法，你能把白玉山留下来，就一定能把江南春留下。"

兵工厂的工人听说请来了一位国民党兵工厂的技师，都觉得挺新奇，问王木林是怎么回事，王木林逮住机会就贬低江南春，说他们搂草打兔子——捡了个便宜货。王木林因为刺杀比赛输给了江南春，而且弄得他很尴尬，心里一直憋着气儿，怎么看江南春都不顺眼，就琢磨找机会扳回一局。白玉山却很高兴，觉得兵工厂总算有了个明白人，可以研制火药了。"有炮没弹，等于白干。"现在只要江南春能研制出威力无穷的火药，他就能造出大炮和炮弹。

尽管江南春去胶东栖霞之前，已经有了思想准备，估计八路军的兵工厂肯定很简陋，但他到了后寨村，还是非常吃惊，想不到居然简陋到他无法想象的地步。这叫兵工厂吗？连铁匠铺都不如。打铁还需要有个铁撑子，需要有铁锤和火钳，但八路军胶东兵工厂连车床和模型都没有，也就能复装子弹，铸造一些低劣的手雷。他本来就看不起八路军，现在更觉得八路军干不成大事，抵抗侵华日军的重任还是要放在国军肩上。有了这种心态，面对眼里的土包子，他自然要显示国军的威风，无论走路还是站立都是一副标准的军人姿态，每次经过村头哨卡，都要对哨兵敬礼。在车间干活，他还戴着白手套。

其实只要看江南春那身打扮，就知道这个人跟白玉山有点相似，很爱干净。当然，在八路军兵工厂，能让他看得起的人也只有白玉山了。他觉得白玉山在八路军兵工厂浪费了，想说服白玉山去国军兵工厂，因此经常跟白玉山在一起聊天。王木林看见了就生气，说这两个人是乌龟瞅王八——看对眼了。

兵工厂驻扎在后寨村后，因为后寨村只有几十户人家，就算老百姓把所有的房屋腾出来给他们住也不够用，所以只有女同志才能住在老乡家里，其余人都睡临时搭建的棚子。白玉山是兵工厂的宝贝，享受特殊待遇，一个人住老乡家的一间小厢房。江南春是请来的专家，周海阔就让他跟白玉山住在了一起。

每天早晨和傍晚，兵工厂的战士和工人都主动帮助后寨村的群众打水、劈柴、扫院子。没有群众的支持帮助，八路军兵工厂就不可能生存下去，他们不管走到哪里，总是把群众放在心里，把群众的利益放在第一位。江南春就不同了，习惯了让老百姓为他服务，住在群众家里还是一副兵爷做派。他在国军兵工厂的时候，每天晚上都要冲澡，后寨村没有洗澡的地方，他就在老乡家里用大铁锅烧水，既浪费水又浪费柴火。有的工人看了生气，就故意在王木林面前发牢骚，说："你看那个江南春多傲气，咱们挑水他洗澡，凭什么呀？好像他们国军高人一等。"王木林的脾气就像火药桶，一点儿火星就引爆了，他正想找机会收拾江南春呢。

王木林气冲冲去了江南春的屋子，他穿着大裤衩，正用毛巾擦身子，王木林走上前，一脚踢翻了水盆，说："谁让你用群众的柴火烧水了？不洗澡能憋死你？想洗澡可以，去村边河里泡着，把蛋子泡掉了都没人管，什么东西！"

江南春有些羞恼，愣怔了半天，终于爆发了，说："你嚷什么嚷？一捆柴火几个钱？我掏钱可以吧？我不能像脏猪似的一年都不洗澡。"

"你骂谁是脏猪？再骂一句我听听？"王木林朝江南春凑过去，样子像要打架，使劲挥动胳膊。

江南春不可能被王木林吓唬住，他的傲气是从骨子里冒出来的，除非你能征服他。江南春佩服白玉山，因为白玉山赢了他。在他眼里，王木林就是个有身体没脑子的货，之所以跟他作对，是因为刺杀输给了他。

江南春故意刺激王木林说："想打架？你行吗？刺杀赢了我再

要横！"

王木林憋红了脸，朝江南春抡起拳头，江南春也不示弱，穿着裤衩迎战。他们开始争吵的时候，白玉山就站在一边看热闹，平时王木林总欺负他，现在终于来了个强势的江南春，他很高兴江南春能制服王木林。有时候，他还会在当中挑起点儿事情，故意看着他俩争斗。不过今天两个人打得太凶了，有些拼命的样子，白玉山就慌了，赶忙冲上去拉架，一把抱住了王木林的腰。这时候，江南春的拳头并没有停下来，重重地打在王木林身上。王木林误会了，挣扎着甩开白玉山，转身给了白玉山两拳头，骂道："王八羔子白玉山，你胳膊肘往外拐，跟国民党穿一条裤子，给国民党当走狗，我打断你的狗腿！"

江南春也误会了，以为白玉山真是在帮他，因此王木林追打白玉山的时候，江南春也去帮忙，他抄起一根木棒追打王木林，王木林急了，突然摘下身上的步枪对准了江南春。

"再敢动，老子一枪送你上西天！"王木林大喊一声，江南春和白玉山都愣住了，谁都没想到王木林能用枪口对准他们。

白玉山住的屋子距离邓月梅的住处不远，她听到吵闹声就跑过来，没想到江南春穿着大裤衩。邓月梅没劝架，只是惊叫一声，江南春就慌忙抓起一条床单遮住身子。王木林终于得了机会，收起步枪，像打沙袋一样给了江南春一顿组合拳。

打架的事情传到了周海阔耳朵里，周海阔很生气，觉得这次不收拾他们，以后会出更大的乱子。这三个人对于兵工厂来说都很重要，白玉山是机械制造的天才，江南春是爆破专家，王木林是用兵打仗的诸葛，少了哪一个都不行。他详细了解事情的经过后，觉得问题出在王木林身上，江南春用老乡的柴火烧水洗澡有错，但也不能用枪对着江南春，简直是无法无天了。

周海阔对政委陈景明说："江南春的思想问题交给你了，我去收拾王木林。"

陈景明找江南春谈话，给他讲八路军跟国民党的本质区别，就在于把人民群众的利益放在第一位，一切为了劳苦大众的解放，为了中华民族不再受到外族凌辱……江南春等不到陈景明啰唆完，就不耐烦地摆摆手，让他不要再说了。"有本事，你们拉出去跟日本人干啊？看看你们这堆破铜烂铁，能跟日本人打仗？到最后还要靠我们国军。你们整天缩在山沟里喊口号，有什么资格教训我？"江南春说完扭头就走，气得陈景明张着嘴巴，一句话说不出来。

江南春找到了房东徐大嫂，掏了些钱给她，揶揄道："买你的柴草钱，够了吧？"

徐大嫂不收，江南春丢在地上就走，徐大嫂只能弯腰捡起来。

周海阔收拾王木林比较容易，见了面一顿臭骂，还冷不丁地踢他两脚，最后没收了他的步枪，关禁闭写检查，检查不深刻就一直蹲禁闭。"你再闹腾下去，别说去八路军老虎连，就是兵工厂也别待了，回家当你的木匠去！"周海阔说道。

王木林一声不敢吭，老老实实去了小黑屋蹲禁闭。

槐花心疼王木林，偷偷拿了半块玉米面饼子去看他。自从槐花喜欢上了白玉山，王木林心里就很郁闷，见了槐花都绕路走。他没想到槐花会来看他，心里很感动，觉得槐花就算喜欢白玉山，他也不该恨她。

"槐花，你帮我个忙，去找邓月梅，让她帮我写个检查，我不想待在这里面。"王木林不识字，让他写检查就等于折磨他。

槐花答应了，但她没去找邓月梅，因为白玉山跟邓月梅微妙的关系，槐花跟邓月梅疏远了，不喜欢跟她说话。槐花去找白玉山了，说："白大哥帮个忙，给木林哥写个检查，写好点儿，让他早点儿出来。"

白玉山虽然识字，可是写这种检查不在行，不知道怎么写才算深刻，就向江南春请教。江南春既识字又会写检查，问题是他不懂八路军这边的语言和规矩，全按照自己的思路来写。周海阔一看就知道检查出自江南春之手，有些纳闷儿了，王木林打了江南春，检查却是江南春帮他写，不对吧？周海阔弄明白后，忍不住笑了，故意把检查读给王木林听，问道："你觉得写得深刻吗？"

王木林疑惑地说："怎么听着像姓江的口气？我浑身起鸡皮疙瘩，他这是故意害我呀！"

王木林决定自己写检查，憋了一整天，写了三句话：我打架不对，动枪不对，不改正就剁了我的手。

虽然三句话错了四个字，但周海阔觉得王木林改正的决心很大，就把他从禁闭室放了出来，只是被没收的步枪没还给他。没了枪，王木林就像掉了魂儿一样。这时候，曾经称呼他师傅的白玉山，转而跟着江南春学习枪法了。江南春手里有一支二十响的盒子炮，每天手把手教白玉山瞄准，看得王木林心里发痒，忍不住偷偷抓在手里欣赏，被江南春一把夺回去，斜着眼瞅着王木林，说："没见过是吧？知道这是什么枪吗？"

王木林说："谁不知道呀？二十响盒子炮，也叫快慢机。"

江南春问哪里制造的、什么型号，王木林就答不上来了。"不懂了吧？这是德国造 C96 式二十响毛瑟手枪。"江南春不失时机地给王木林上了一课，他的枪械知识非常丰富，能够说出各种枪支的性能。

王木林听得痴了，最后咽了一口唾沫说："有什么了不起的，改天我也搞一支给你看看。"

空闲时间，白玉山跟着江南春练习枪法，槐花在一边欣赏白玉山举枪的姿势，说白玉山背着盒子炮太威武了。王木林就没看出白玉山哪里威武，瘦了吧唧的样子，背着盒子炮晃晃荡荡的，像是耍猴儿的。

王木林郁闷死了，干脆躲开他们，眼不见心不烦，一个人爬到后山上晃荡，这儿瞅瞅那儿抠抠的，像是一个贪玩儿的孩子。山顶有一处深坑，样子像塌陷下去的，洞口长满了杂草，还有许多藤蔓伸向洞底。抛一块石头下去，能听到水花的声音。这个坑有二三十米深，怎么形成的后寨村的人也说不清楚，下面是个什么样子，也从来没人下去探秘。王木林从小就喜欢翻墙爬树，现在心情又不好，于是就像跟什么人赌气似的，一定要下去看个明白。他抓住一根藤，一点点蹭下去，心想如果水很深，就再爬上来，如果水浅就跳下去。他将双腿伸进水里，已经是深秋季节了，水冰冷得刺骨，他咬牙向深处试探着，水淹没到大腿根部时，双脚触到地面了。他站稳，好奇地打量着洞底，发现这里是一个泉眼形成的水潭，面积比洞口宽一些，因此从洞口往下看，看到的就是一个水潭，其实水面两边还有很大的空间。

王木林打量着，脑子里突然冒出一个念头，如果敌人包围了后寨村，兵工厂的那些机器设备，藏在这里肯定安全。他想查看一下洞有多大，就朝黑乎乎的深处走了十几米，脚下的水只能淹没膝盖了，感觉有风吹来，而且听到了水流声。有风就有出口，他壮着胆子继续朝前走，越走水面越窄，又走了几十米，水只有脚腕深了，并且看到一处微弱的亮光。侧耳细听，是哗哗的溪水声。他断定，这个光亮处就是洞子的出口。

出口太小了，只能探出一个头。不过这就足够了，他能够看清外面的一切景物，原来出口外不是悬崖峭壁，而是一条溪流形成的沟壑，只要从出口钻出去，顺着沟壑就可以到达山谷下。这个发现让他惊诧不已，立即想到另一个问题，如果日伪军包围了后寨村，他们可以神不知鬼不觉地从这个出口逃出去。这个问题，恰恰是厂长周海阔最头疼的事。

王木林用腰间的两颗手榴弹把出口炸开，弯腰爬了出去。顺着沟壑，他大约走了两小时到达谷底，这才发现天色已晚了。

晚饭时候，周海阔得知王木林失踪了，派人四处寻找，就是不见人影。后寨村只有一条通往山外的路，隐蔽处有三四道岗哨，都说没有发现王木林出去。政委陈景明说："王木林一贯自由散漫，肯定是因为蹲禁闭闹情绪，私自离开了兵工厂。"

周海阔觉得王木林不是心眼小的人，不会因为蹲禁闭就开小差。兵工厂的奸细一直没浮出水面，这让周海阔忐忑不安，担心王木林出了什么事情。

晚上九点钟左右，王木林突然回来了，众人都很吃惊，觉得他是从地底下冒出来的。后寨村本来就不大，三面又是悬崖峭壁，能找的地方都找过了，怎么没发现他呀？

周海阔看着一身泥水的王木林，问道："你去哪里了，这么晚回来？"

王木林揉了揉眼睛说："哪儿也没去，在山顶草丛里睡着了。"

王木林暂时不想告诉他们自己的发现，他想关键时候露一手。再说了，这么机密的地方，知道的人越少越好。周海阔当然不信王木林的话，但没有继续追问下去，他根据王木林的眼神和一身的泥水，看出这件事一定有蹊跷。

周海阔开始暗暗观察王木林，也没发现他有什么异常举动，只是每天午饭后，提着镰刀去山上割草，然后把那些一人高的青草晾干了，扎成一个捆堆在院子里。白玉山挺好奇，问他割草干什么，他没好气地说："你冬天能睡暖屋子，我呢？我睡的是棚子，不准备些干草怎么过冬？"

白玉山相信了，兵工厂的一些人也信了，而且学着他的样子，也上山割草准备过冬。周海阔觉得事情没这么简单，王木林一定又在玩什么花招，他的歪点子总是比别人多。尽管不知道他葫芦里卖的是什么药，但周海阔对他还是信任的，关键的时候总会想起他。

因为日伪军封锁得紧，刘好和王木秀那边一直搞不到粮食，这几天李大叔愁坏了，每天派人在周边山上挖野菜，但野菜大都被后寨村的老百姓挖光了，只剩下了树叶，周海阔决定让王木林去搞粮食。王木林对这一带比较熟悉，又有歪点子，说不定就能从敌人眼皮子底下搞来粮食。

王木林听说有任务，就兴奋起来了。他身上有些个人英雄主义，总是喜欢表现自己。周海阔提醒他要注意群众纪律，不能像土匪一样跟群众抢粮食，就是跟财主要粮食，也要留下借条。

筹措粮食是一件很费脑子的事情，日伪军在乡下到处修炮楼建据点，一多半儿村庄都被他们控制住了，在村里扶植了伪保长和恶势力，地下党组织在这些村子开展工作非常危险。群众基础比较好的村子，大多是偏远贫穷的山区，而且老百姓已经勒紧了腰带，把能节省的粮食都给了八路军，再也不能给他们增加负担了。王木林决定虎口拔牙，打入敌人控制的村庄搞粮食。这些村子距离县城比较近，周边都有日伪军的炮楼，日伪军胆子很大，经常晚上出来活动。王木林他们即便是晚上去村子筹措粮食，也可能遭遇敌人袭击。经过研究，周海阔决定带着警卫排的战士牵制炮楼里的敌人，为王木林筹粮赢得时间。

王木林挑选了五个工人，都是能扛能背能走路的壮汉子，其中就有铁匠李志新。他们不带枪支，只是带一把匕首和两枚手榴弹。王木林觉得如果有一把手枪别在腰间就好了，兵工厂只有周海阔和陈景明有手枪，然后就是江南春的盒子炮。他不能跟厂长和政委借手枪，只能去找江南春了。

"哎，借用一下你的手枪，出去搞粮食！"王木林站在江南春面前，很硬气地说。

江南春瞪了他一眼，说："我凭什么借给你？不借。"

"行，你可以不借，那你记住了，我搞回来的粮食你别吃，把嘴扎起来。"王木林转身就走，边走边补充说，"要不是周厂长让我跟你借，我才不稀罕你那破枪！"

　　江南春一听是周厂长的意思，忙追上王木林，把手枪递给他说："周厂长让我借我就借，不过咱们说好了，不准给我搞坏了。"

　　王木林装出不情愿的样子，他接过手枪，走到没人的地方，慌忙掏出来比画了几下，忍不住咧嘴笑了。当天晚上，他们就推着独轮车出去搞粮食了。

　　县城外有个村子叫五里铺，顾名思义，村子距离县城只有五里路，旁边不远就是日伪军的一个大炮楼，属于日伪军控制下的白色区域。村子有个大户人家姓林，是当地有名的财主，家中除了老两口，还有一个儿媳妇，儿子就在附近的炮楼当伪军排长。林老爷是一个很顽固的家伙，自以为儿子当伪军排长，村子旁边有日伪军炮楼撑腰，平时对抗日积极分子非常凶狠，地下党在五里铺一直无法开展工作。

　　王木林摸进了林老爷家，亮出自己的身份，说八路军要买他家的粮食，希望他能够支持抗日，林老爷却说自家的粮食被日本人抢光了，没有多余的粮食。工人们在他院子里找了半天，也没发现粮仓。王木林早就听说林老爷家的粮食能吃三年，怎么可能没有多余的粮食？院子没有粮仓，难道还能在屋子里？他疑惑地朝屋子内走，发现林老爷的眼神很慌张，说明屋内有鬼。

　　王木林拿着一根木棒，在屋内四处敲打，很快就找到了破绽，原来林老爷在家中挖了一个地洞，把粮食都藏在了里面。王木林让工人们抬出了二十多个麻袋包，有玉米、小麦和大豆，还有几口袋红薯。

　　"你家没有多余的粮食了是吧？那这些东西肯定不是你的。"王木林对工人们招手，让他们把麻袋抬出去。

　　林老爷急了，喊道："八路军守纪律，不抢老百姓的粮食！"

王木林笑了，说："你挺懂我们八路军政策的，那你知不知道，我们八路军对那些走狗汉奸和顽固分子要就地枪决？你选择吧，是要粮食还是要命？"

王木林掏出手枪，林老爷吓得浑身哆嗦，连声说要命。林老爷拿来笔和纸，写了一张字据，说是自愿把家里的粮食捐赠给八路军。不过从林老爷的表情上看，他们前面走了，林老爷后面就会去向炮楼里的日伪军报告，他们赶着马车走不快，很可能被日伪军追上。如果林老爷派人跟踪他们，知道他们住在后寨村，就更麻烦了。

王木林让工人帮忙，用绳子把林老爷一家绑紧了，嘴里塞上毛巾。

李志新一直是王木林身边的帮手，趁王木林不注意，他偷偷把一张纸条塞进了林老爷兜里，使劲瞪了林老爷一眼。这个暗示，林老爷看到了，只是不知道兜里塞了什么东西。

林老爷一家三口被绑在一起，直挺挺地瞪着眼睛熬到天亮，家里的雇工来干活，才把林老爷嘴里塞的毛巾拽下来，给他们一家松了绑。林老爷气得要死，差人去向儿子报告，就在这时候，他想起兜里的东西，掏出来一看，是一张纸条。

王木林把粮食运回了后寨村，立即成了英雄级人物，上百人围着他，听他讲述智斗林老爷的故事。槐花自豪地把一块红薯塞给他说："木林哥饿了吧？快吃，我就知道木林哥肯定能弄来粮食。"

王木林美滋滋地笑了。

这时候，谁都没注意站在人群最后的李志新，他已经悄悄地走开了。

二十

　　张贵一直找不到八路军兵工厂的下落，日军队长康川少佐失去了耐性，气冲冲地来到伪军大队，劈头盖脸地训斥张贵，正发怒时，林老爷跌跌撞撞跑进来，见了张贵就跪下，一把鼻涕一把泪地哭诉，让张贵赶快去后寨村包围八路军兵工厂，帮他将粮食夺回来。

　　张贵看了纸条，确认是李志新送出来的情报，心里一阵高兴，但看林老爷大呼小叫的，便狠狠踢了他一脚，骂道："给我闭嘴！"

　　康川已经明白了，张贵在八路军兵工厂有内线，而且刚刚送出了情报。"狡猾狡猾的，大大的不忠。"康川手握指挥刀，命令张贵立即出兵。

　　张贵熟悉后寨村，那里易守难攻，如果大张旗鼓地"围剿"兵工厂，肯定要吃亏。他给康川出了个计策，康川听了对张贵竖起了大拇指说："狡猾狡猾的。"康川脸上露出阴险的笑。

　　日伪军在张贵的安排下，都换上了老百姓的衣服，扛着镐头、抬着箩筐出发了，箩筐内放的是枪支弹药。这些日子，日伪军强行征用大批民工修筑炮楼，常会有成群结队的老百姓从小路上走过，因此后寨村的警戒哨发现有民工在附近的山路上走动，并没引起警惕，等到发现这些民工突然汇集成流，拥向通往后寨村唯一的土路时，才觉得有问题，立即鸣枪报警。听到枪声，康川立即拔出指挥刀，指挥日伪军快速前进。警卫排战士进行了坚决的阻击。

兵工厂的工人们没想到日伪军能突然出现在村头，有些慌张，不知道如何转移车间的机器和生产原料。这时候，王木林拔出盒子炮，对着天空开了一枪，大喊："都不要乱，听我指挥，向后山转移！"

众人愣住了。后山是悬崖峭壁，死路一条。

江南春看到王木林举着他的手枪喊叫，跑上去说："把枪还给我，牛什么牛，谁听你指挥呀！"

周海阔一看王木林那个精神劲儿，就知道这小子一定有什么歪点子了，于是大声宣布："大家注意，一切都听王木林指挥！"

王木林甩了一下手枪，对江南春说："没听到吗？听我指挥！"

众人在王木林的指挥下，将物品都转移到了山顶上。周海阔率先跳下山洞，跟着王木林走到出口的时候，一切都明白了。他心里一阵惊喜，不知道该怎么表达，突然对着王木林的胸脯打了两拳，说："好呀，你连我都敢骗，看我怎么收拾你！"

刘排长听从王木林安排，带领警卫排战士把草捆扛到了山上，这些草捆就是王木林准备用来过冬的青草，他们把草捆放在石头后面或者绑在树上，又给草捆穿上衣服，戴上帽子，然后埋伏在草捆后面。这一切刚刚完成，村头负责阻击敌人的哨兵就跑来报告，敌人突破了村东哨卡，已经朝后山赶来。警卫排居高临下，等到日伪军进入射程后，把成捆的手榴弹甩向敌群。日伪军遭遇到猛烈的火力后，不敢贸然前进，趴在地上还击。

战斗持续了十几分钟，周海阔和王木林几个人赶上来增援，告诉刘排长，兵工厂大部分人已经转移了，立即撤离阵地。白玉山利用实战的机会，跟江南春学习枪法，两个人都手持步枪瞄准日伪军射击，周海阔下达撤离命令，白玉山还在那里兴奋地喊叫："我打中了一个，打中了！"

周海阔返回身子，拽着白玉山的衣领说："快走，你在这里搅和什么？记住，打仗不是你干的事，好好给我琢磨迫击炮，有了那东西，小鬼子就不敢这么猖狂了。"

枪声突然停止了，康川不知道怎么回事，躲在石崖后面用望远镜察看山上的情况，发现大树和巨石后面都有人把守，疑心是八路设的陷阱，立即把两枚小钢炮调上来，对准山坡发射了炮弹，然后再用望远镜观察，仍能隐约地看到八路军的身影。康川让伪军在前面开道，指挥日伪军小心谨慎地朝山坡进攻，占领山顶后才发现，那些人影都是一个个草捆。

康川在山顶搜了一圈，没有发现兵工厂八路的踪影，也没有找到机器设备，百思不得其解，难道他们插翅飞了？张贵自作聪明，说兵工厂的八路都跳崖自尽了，皇军大获全胜。康川显然不相信，从那些打扮成八路军的草人可以看出，兵工厂的八路从容转移了。康川命令日伪军把后寨村的群众都赶到村头，让他们供出兵工厂的八路藏在什么地方，机器设备藏在什么地方。

日伪军包围兵工厂的时候，后寨村有一多半群众帮助兵工厂转移设备，但没有一个站出来说话的。康川本以为这一次可以将八路军兵工厂彻底铲除，没想到又是竹篮打水一场空。八路军的兵工厂在后寨村隐藏了这么久，就说明村子里的人都不是良民，全是土八路。恼羞成怒的康川，下达了开枪的命令，架起两挺机枪一阵扫射，后寨村上百名群众倒在血泊中。

兵工厂转移到了艾山的北路沟村，听到后寨村群众惨遭杀害的噩耗，所有人都自发地走到北路沟村头，面向后寨村方向默哀，很快就有人哭出声音，到后来是哭声一片。最初江南春并没有哭，他想起离开徐大嫂家的时候，徐大嫂塞给他一个用毛巾包裹的东西，还没来得及打开看，于是急忙找出来，里面是两个鸡蛋、一块玉米面饼子，还有他曾经给徐大嫂的柴草钱。江南春抱着这些东西，也忍不住哭了。

哭过之后，工人们立即投入生产，他们提出一个口号：把工厂当战场，把工具当刀枪，前方后方齐努力，抗日救国保家乡。

北路沟村是一个普通的村子，周边没有可以依赖的屏障，因为这一带的群众基础比较好，兵工厂才决定转移到北路沟，也只是暂时过渡，不宜久留。为防止被日伪军突然包围，周海阔要求工人们随时做好转移准备，同时让一些女工携带复装子弹、手榴弹的半成品，分散到周边村子的群众家里隐蔽生产。为了让白玉山的儿子白银有一个稳定的生活环境，周海阔干脆通过地下党组织，把邓月梅和白银，送到了敌占区村子的保长家里，明确告诉保长，这两个人是八路军的家属，保长要拿全家性命做保证，保证邓月梅和白银的安全。

"路在你的脚下，就看你怎么走了。"周海阔对保长说。

敌占区的保长虽然在日伪军面前点头哈腰的，但一般都要给自己留条后路，日伪军这边的事情要做，八路军和地下党这边也不敢得罪，所以敌占区保长家里是最安全的。

这次日伪军化装成修筑炮楼的群众，出其不意地"围剿"了后寨村，说明他们提前得到了情报，知道兵工厂藏在崮山后寨村。前些日子，周海阔和政委陈景明一直暗中调查隐藏在兵工厂内的奸细，始终没找到破绽。一次次惨痛的教训，让周海阔心如刀绞，必须尽快除掉奸细，以绝后患。

这天，王木秀来到北路沟村，跟周海阔和陈景明秘密通报一些信息，昆嵛山一带的国民党顽军五百多人，包围了文登县林村的东海兵工厂，东海特委书记率部前去解围，遭到敌人伏击而牺牲。中共栖霞县委要求兵工厂不但要防范日伪军的"围剿"，同时要防范国民党顽军的突然袭击："根据我们掌握的情报，国民党军整编第十二师师长赵保原、国民党九区专员蔡晋康等一些国民党杂牌军，最近蠢蠢欲动，上级要求我们一定要保持高度警惕。"

王木秀传达了上级的指示精神后，把一份《八路军军政杂志》交给周海阔，说上面发表了中共山东分局书记的一篇文章，非常重要。周海阔和陈景明打开一看，文章写道：为实现队伍扩大，首先要解决的是人与枪的问题，尤其是枪的问题。因为在民族自卫战争中，人的问题比较容易，困难的是枪！且人与枪是分不开的，有枪就有人，扩军几乎就是扩枪。扩枪的来源，一是夺取敌人的武器，二是在可行条件下大量自造武器。

周海阔拍打着杂志，说道："我看这就是针对我们兵工厂写的，说得好，扩军就是扩枪，有枪就有人，我们兵工厂就是要多制造子弹多制造枪支，支援前方的部队。"

王木秀说："你们兵工厂的任务很重，有什么困难需要我们帮助，尽管提出来，中共栖霞县委不惜一切支持你们！"

周海阔说："暂时没有，以后有困难一定告诉你们。"说完，周海阔突然想起一件事："忘了，还真有一件事请你们帮忙，现在可以确认，兵工厂内部有奸细，我和政委调查了很久都没有发现可疑人，请你们从敌人内部找找线索，帮助我们尽快铲除毒瘤。"

王木秀点头说："我明白了，一定想办法。"

"这次来，见你哥哥吗？"陈景明问。

王木秀摇摇头说："不见了。白银在吧？我真想看孩子一眼。"

周海阔说："白银和邓月梅被我们安置在老乡家里，这样更安全些。"

王木秀离开后，周海阔召开了兵工厂的小组长会议，传达了上级指示精神。大家得知东海兵工厂的惨案后，都谴责国民党顽军的卑劣行径。由于对国民党顽军的仇恨，一些人把怨气发泄到了江南春身上，说国民党的军队没有一个好东西，见了江南春绕着走："看他牛气的，来我们这儿什么东西都没研究出来，白吃饭，还不如养条狗呢！"

这些话自然传到江南春耳朵里，他心情很坏，甚至打算离开八路军兵工厂。他对白玉山说："我在这里，不知道自己是谁、应该怎么做，我觉得自己在夹缝中活着。"

白玉山很理解他的心情，劝他不要在意大家的议论，只要能把炸药研制出来，把炮弹造出来，大家自然就会喜欢："我刚来的时候，就是一个坏蛋，很多人都恨我，可现在呢？你也看到了，他们都对我很好。"

江南春非常懊恼地说："我承认，部分国军太丢脸了，只顾本部利益，损坏党国名誉。"

"所以呀，你要留下来，为你们国军正名。"

江南春觉得白玉山的话有道理，只有把事情做好，才能为国军争得荣耀，况且现在是抗日民族统一战线，国共两党的共同敌人是日本侵略者，为了徐大嫂那些善良无辜的中国人，他必须坚持下去。"希望你能不辱使命，为党国争光。"这是他来八路军兵工厂之前，上司贾厂长送他的两句话。

这年的春节，是在一种压抑氛围中来到的。大年三十，兵工厂刚放假，前方部队就送来一批在战场上损坏的枪支，根本不用周海阔下达命令，所有人都自发进入车间，干了一天一夜，初一早晨全部修理完毕，立即把枪支拿山洞里测试。江南春对白玉山说："没觉得这是过年，过完了，初一了。"

白玉山说："是，最特别的大年初一，咱们测枪就算放鞭炮了，等我搞出平射炮，拉到小鬼子炮楼前测试，那才过瘾！"

王木秀接受了调查奸细的任务后，通过地下党联络员，很快从伪军内部得到消息，那天大呼小叫去给张贵送纸条的人，是五里铺的财主林老爷。她想这个消息对兵工厂太重要了，必须尽快送过去。胶东的大年初一，很多人要走亲戚，山上的小路都有人影晃动，给王木秀出门提供了机会。

王木秀打扮成走亲戚的人，去了北路沟村，将情况向周海阔和陈景明做了报告，周海阔马上明白了，奸细一定在跟随王木林去筹粮的人当中，只是那晚去了五个工人，是哪一个很难判断。陈景明主张不动声色地观察，让他们露出尾巴，周海阔却觉得一天都不能拖延下去，奸细挖不出来，兵工厂随时都有危险，不如来个打草惊蛇。他谈了自己的想法，虽然有一定风险，但是最快的一种。

陈景明点点头，说道："双管齐下可以吗？我们不是还有硝磺要运回来？原班人马。"

周海阔笑了，说道："政委不鸣则已，一鸣惊人！"

白玉山和江南春测试完枪支回来，走到车间门口听到有人在议论，说伪军那边传出消息，这次敌人偷袭后寨村，是五里铺的林老爷告的密，林老爷拿了一张纸条去找张贵，又哭又叫的，说八路军抢走了他的粮食，让张贵去后寨村帮他追回来。

王木林奇怪地说："林老爷怎么知道我们在后寨？"

大家议论纷纷，说什么的都有。李志新就站在后面，听到这些议论，脸色都变了，这些议论传到周厂长那里，他一定会追查的。尤其是他并不知道林老爷去张贵那里怎么说的，这些消息又如何传出来的。他越想越害怕，觉得自己应该马上离开兵工厂。

这时候，周海阔走过来，朝王木林喊道："王木林，有任务。"

周海阔告诉王木林，地下党组织帮助兵工厂搞到了一些硝磺，需要马上运回来，今天是大年初一，路上的人很多，炮楼的伪军也都放松了检查，是个好机会。

只要有任务，不管大年初一还是正月十五，王木林都很高兴去完成。不过这一次，不是他亲自挑选工人，而是周海阔指派了三名警卫排的战士，外加两名工人。这两名工人就是曾经跟随王木林去搞粮食的，也是周海阔最怀疑的人。

王木林他们走后，村里剩下的三名工人，周海阔也派警卫战士暗中盯梢。初一放假一天，但规定不准走出村子。李志新开始寻找机会，他悄悄转到村子后面，那里有个草垛，正好遮住村头警戒哨兵的视线，绕过草垛是一堵矮墙，翻过矮墙是小河边，沿河边走几百米，就能快速离开村子。

草垛的另一边，槐花跟村里几个女孩子在踢毽子，嘻嘻哈哈笑着。李志新趁槐花不注意绕过了草垛，开始翻越矮墙。一个女孩儿用力太大，把毽子踢到草垛后面，槐花去捡毽子，正好看到了跨在墙上的李志新。

"你在干什么？"槐花问了一声。

槐花并不知道他要逃跑，只是看到他翻越矮墙，随便问了一句。李志新却慌张起来，一下子跌倒过去，紧接着爬起来就跑。他这一跑，槐花警惕了，跟着翻过了矮墙，喊叫起来："喂——你跑什么？回来！"槐花这一声喊叫，村头的哨兵听到了，快速追了上去。哨兵跑得不慢，可长得太单薄，被李志新一拳头打倒了，还被抢走了枪。这时候，槐花也跑上来了，她突然想起自己腰间的那颗手榴弹，忙掏出来拉开弹弦，使劲甩向了李志新。手榴弹爆炸后，她看到李志新弹了一下，就趴在地上不动了。

听到爆炸声，周海阔和兵工厂的人都赶来了。一切真相大白，周海阔吃惊地说："没想到是他，这么老实的人，算我瞎眼了。"

大家终于明白，原来李志新是奸细，立即有几只脚朝李志新头上踩去，都恨不得把他千刀万剐了。白玉山看着愣在那里的槐花，走到她面前说："这颗手榴弹可是给我准备的，你怎么给他用了？"

槐花缓过神来，忍不住笑了。

周海阔也长舒一口气，似乎卡在嗓子眼儿的一根鱼刺被剔掉了。

王木林并不知道周海阔让他执行这次任务其实是对两个工人的测试。他们几个人挑着硝磺，经过一个炮楼时，伪军在炮楼上朝他们吆喝，让他们站住。王木林觉得大年初一，伪军也就咋呼几声完事了，没想到伪军误以为他们筐内装着年货，竟然冲出炮楼，要抢王木林他们的挑筐。王木林边跑边阻击伪军，一颗子弹擦着他的头皮子飞过，差一点儿把命丢了。

王木林跺着脚，朝伪军喊叫，说："孙子们，大年初一你们不长眼，爷爷我跟你们结仇了，早晚有一天收拾你们！"

虽然王木林成功地把硝磺运回了兵工厂，心里却很窝火，就琢磨怎么收拾那个炮楼里的伪军。得知江南春用电影胶片充当无烟药，用甘油、硫酸、硝磺研制出了炸药，要寻找地方试验炸药的威力，王木林就向周海阔请示，要用伪军的炮楼试验，周海阔说这事要听江南春的。周海阔知道王木林吃了亏，一定要想办法找补回来，如果不同意用炮楼试验，说不定他晚上就会偷偷去摸伪军的炮楼，惹出一堆麻烦。

最初，江南春要在山洞里进行爆破试验，因为王木林的建议，他只能夜里摸黑去伪军炮楼，难免有些情绪。不过在这件事情上，白玉山站在了王木林一边，他心里恨死伪军了，不但劝说江南春接受王木林的建议，还要陪着江南春一起去炮楼。尽管江南春不赞成这种试验方式，但既然白玉山很有兴趣，他也就同意了。

周海阔亲自组织了这次试验。警卫排的战士在伪军炮楼前吸引火力，王木林抱着一个炸药包冲到炮楼下点燃了，一声闷响过后，炮楼完好无损。伪军在炮楼上乐了，朝下面喊叫，说八路的炸药连个屁都不如，赶快滚开吧。

王木林回到江南春身边，就跟江南春吵上了，嘲讽江南春就能吹牛皮，研制出的炸药还不如土炸药威力大。江南春跟王木林争吵几句，觉得是对牛弹琴，于是说："你是粗人，不懂炸药爆破，别跟着瞎掺和！"

江南春向周海阔建议，挖一条一百多米长的地道，通到炮楼下面，把炸药塞进去试一下。周海阔组织工人轮番上阵，用了两个晚上终于挖通了，找了一口棺材装炸药，抬到了敌人炮楼下面。白玉山有点担心，炸药埋了好几尺深，能行吗？江南春告诉他，这样炸药才有威力。

炸药引爆了，白玉山感觉天摇地动，睁眼一看，碎石满天飞，前面的炮楼没影了，只留下一个深坑。在场的人都看傻了眼，王木林心服口服地对江南春说："这炸药，够味儿！"

炸药搞成了，白玉山也把平射炮的图纸设计出来了，开始筹办材料和机器设备。第一步要找到的就是制造炮筒的圆钢，这东西只有去烟台才能搞到。白玉山有三个难题：一是买圆钢的钱从哪里来；二是如何才能买到圆钢；三是如何把圆钢运出烟台。

这个时候，白玉山想到了父亲。

白玉山向周海阔请假，要回家看望父亲，顺带跟父亲借一些钱，去烟台买圆钢没钱可不行。周海阔不答应，他倒不是担心白玉山跑了，而是担心他的安全。白玉山可是用钱买不到的宝贝。

最终，白玉山还是说服了周海阔，放他回家一次。白玉山的理由很简单，他从小到烟台做学徒，栖霞城很少有人认识他，况且他是一口烟台话，打扮成做生意的人，没人会怀疑他。尽管这样，周海阔还是想得很细，白玉山在城外的一段路，由刘好护送，进城之后交给王木秀，千万不能出差错。

白玉山回家前，并不知道父亲遭遇了许多磨难，不到半年已满头白发；也不知道自己的家变得像一个破筛子，开裂的窗户纸在风中呼呼作响。尤其是春节刚刚过去，而他家的房门两侧，却依旧是去年已经发白的那副对联。胶东规矩，当年家中有亲人离世的，这个春节是不能张贴红对联的。这一副对联，让他想起了自己的太太。

恍如隔世，白玉山费力地回忆着。

白恒业事先已经知道白玉山要回来，专门挑选了一件长袍穿在身上，他现在的模样显然跟这件衣服很不匹配了。他本想见了儿子有很多话要说，现在白玉山真真切切站在他面前，他却显得有些惶恐，哆嗦着嘴唇不知道该说什么话。

"爹，我是玉山。"白玉山轻声说。

白恒业的嘴唇哆嗦得更厉害了，依旧说不出话，大颗的泪珠滚落下来。多少年了，还是第一次听到儿子这么亲热地叫他。

"你……玉山啊，终于回来了。"白恒业说。

"爹，我回来看您了。"白玉山鼻子酸酸的。

白恒业突然想起孙子，忙擦一把泪水，瞪眼问道："白银呢？我孙子呢？他怎么没回来？"

"白银挺好的，你放心吧。我怕路上不安全，就没带他回来。"

"哦，他好就好、就好……他还尿床吗？"白恒业说着，脸上露出一丝笑容。他很久没有笑了，脸上的肌肉有些僵硬。

父亲的笑容，让白玉山心里很酸楚。"爹，玉山不孝，给您惹了很多乱子，对不起了，您一定要多保重。"白玉山深情地说。

他本来回家是要跟父亲借钱的，但看到家中这种景象，张不开嘴了，只是跟父亲简单聊了几句家常，就要告辞。

白恒业心里还是惦记着孙子，就叮嘱白玉山说："你不要牵挂我了，只要你把白银带好了，我死也瞑目。"

白玉山怕忍不住流泪，不敢再直视父亲的眼睛，不敢再多说一句话，甚至不敢走进里屋，他知道里屋的供桌上，一定摆着自己太太的牌位。他转身朝门外走去。

"你等一下。"父亲在身后喊他，他只能站住，极力平息自己的情绪，慢慢转过身子。

白恒业把一个布袋子交给他，说道："我知道你回来做什么，已经给你准备好了，只是因为急等着用钱，这房子少卖了不少钱。"

白玉山接过布袋子，惊讶地问："爹，您把咱家房子卖了？"

白恒业惨淡一笑说："卖了，明天这房子就不姓白了。这年头啊，留着房子也没用，把没用的东西换成钱，帮我儿子去干大事！"

白玉山再也控制不住自己的泪水，哭着喊了一声："爹——"

二十一

　　最初，周海阔因为担心白玉山的安全，不想让白玉山亲自去烟台购买圆钢，但白玉山坚定地说："这件事，就我最合适，都不要拦我。"

　　白玉山要去，江南春也要跟着，他毕竟是国军，有时候行动起来比白玉山方便。周海阔答应了，派王木林陪他俩一起去。尽管三个人尿不到一个壶里，但是最好的组合，毕竟在大是大非面前，三个人还是步调一致的。

　　周海阔对王木林说："这次行动，你必须听白玉山指挥。"王木林满口答应了，只要能让他出去执行任务，听谁指挥不重要。

　　三个人打扮了一番就上路了，都是商人模样。白玉山跟江南春关系一直不错，他俩又都看不上王木林，所以路上只管他俩说话，把王木林晾在了一边。王木林挺郁闷，心想你们俩现在不搭理我，到关键时候就该求我了。

　　从栖霞进入牟平地界，天色就暗了，王木林问白玉山："你有什么办法把货运出来？"

白玉山看了看王木林，反问道："你有好办法，说给我听听？"

王木林还没想好，所以才问白玉山，如果现在想不好这个问题，到时候就麻烦了。白玉山告诉王木林，这事情不用他操心，让他跟着来就是搬运圆钢的，别的少说话。王木林气得翻白眼，说道："白玉山，你不会让我扛着回来吧？"

其实白玉山已经安排好了，胶东最大的土地主牟二黑家每个月都要拉一车粮食贩卖到烟台，回来的时候都不空车，顺带着采购一车物品，有镰刀斧头也有棉花之类的东西。沿途的日伪军岗楼都熟悉牟家的大马车，通过岗楼的时候，车夫丢一些烟酒给炮楼里的伪军，不用检查就通过哨卡了。这几天，牟家又该去烟台送粮食了，白玉山跟牟家的大管家挺熟悉，跟他说好了要带些货回来。不过，白玉山必须赶在牟家去烟台送粮食前顺利地买到圆钢。

太阳落山前，他们进了烟台城。王木林看了看白玉山，问晚上住在什么地方。旅店肯定不敢住，日伪军查得很紧，别去找这个麻烦。白玉山说："让你少说话，跟我走就行了。"

白玉山带着江南春和王木林去了怡红院，这是他最熟悉的地方，也是最安全的地方。刚走到门口，王木林就站住了，吃惊地说："今晚住这儿？要住你们住吧，我睡大街上都不进这种地方。"

白玉山不理睬他，说："那你睡大街上吧，我们进去。"

江南春也有些犹豫，这种地方他从没来过，也不想来。白玉山拽了江南春一把，给他使个眼色，江南春虽然不明白什么意思，但还是跟着走进院子。王木林骂白玉山"狗改不了吃屎"，但骂着骂着，看到他们走进院子，自己不敢耽搁，也急忙跟了进去。

当即就有几个涂脂抹粉的姑娘围上来，去拉扯他们。突然间，有一个姑娘"啊呀"叫了一声，说："这不是贼爷吗？我以为小白菜姐姐不在了，你再也不回来了，今儿怎么冒出来了？"

白玉山愣怔了一下，立即收了笑容，问道："小白菜哪里去了？"

姑娘说："你还不知道呀？哎哟，她跟了日本人，享福去了。"

白玉山正要再问，老鸨听说贼爷来了，急忙跑过来，道："贼爷来了？在哪儿……哎哟哟我的贼爷，可想死你了，真以为你不来了呢。我这儿新来了几个姑娘，贼爷你过过眼？"

白玉山没心思跟老鸨打情骂俏，他把老鸨拖到一个屋内，问小白菜去哪里了。老鸨告诉他，小白菜被驻守烟台的日军总指挥大岛大佐看上了，已经侍奉在大岛左右，享受荣华富贵了。看着老鸨一脸的笑容，白玉山真想结结实实抽她个大嘴巴。

"贼爷，你就忘了小白菜吧，我这儿好姑娘有的是，尽你挑选。"老鸨仍傻乎乎地说。

白玉山从腰间掏出一颗手榴弹，晃了一下，压低声音说："我是八路军，别出声！把小白菜那间屋子腾出来，今晚贼爷在这儿过夜，你要敢走漏风声，我让你和怡红院一起飞上天！"

老鸨吓得脸色全变了，眼前的白玉山，完全不是他印象中那个文文弱弱的花花公子。还好，小白菜屋子的姑娘还没上客，老鸨将白玉山几个人安顿好，专门派人守候在大门外，以防日伪军进来搜查。

这间屋子太熟悉了，白玉山走进去后，仔细打量四周，小白菜贴的一些年画还在，一切似乎都没有改变。他使劲推开了大衣柜，打开下水道的石板瞅了一眼，小白菜就是把他藏在下水道里，才让他躲过了日军的搜查。

看着黑乎乎的洞口，王木林张大嘴："这是什么东西？暗道吗？"他试着要下去，被白玉山一把拽住了。

"你们俩记住，如果遇到紧急情况，这里可以藏身。"白玉山说。

王木林不屑一顾地说："我才不会藏在这里。"

当天晚上，三个人在小白菜的屋里过了夜。第二天，白玉山去拜访了几个老朋友，原以为这几个人能量很大，可以搞到圆钢，没想到跑了三天，所有人都摇头，说现在倒腾这种东西就等于不要命了。白玉山有些慌了，牟家的大马车明天就到，如果买不到圆钢，这次行动就失败了。

王木林不识趣，火上浇油说："抓瞎了吧？我可是听你指挥，看你回去怎么向周厂长交差。"

白玉山瞅着王木林，恨不得跳起来咬掉他的一只耳朵。就在这时候，一辆人力车停在他面前，身后还站着两个持枪的日军。白玉山不知道发生了什么事情，以为他们几个人暴露了身份，正准备逃跑，三轮车上走下一个楚楚动人的女人，轻声叫道："曾哥哥，你来烟台了，怎么也不告诉我一声？"

白玉山愣怔了一下，仔细看才发现是小白菜，于是急忙迎上去说："哟，是你，曾妹妹呀，吓我一跳。"

小白菜一身日本和服，看上去倒真像日本女人。王木林和江南春都蒙了，白玉山怎么认识日本女人？怎么不姓白姓曾了？其实这个姓，只有白玉山和小白菜知道。小白菜原名曾白，白玉山曾开玩笑，说他叫白曾，是小白菜的哥哥。

小白菜问白玉山来烟台做什么，白玉山突然灵机一动，说自己跟几个人合伙开金矿，井下需要几根圆钢，可就是买不到，不知道曾妹妹能不能帮个忙。小白菜从白玉山的眼睛里，看出了一些奥妙，于是点点头说："我帮你想想办法，走吧，我请哥哥喝茶去。"

白玉山看到小白菜使了个眼色，忙点头跟上小白菜的人力车，去了一家茶馆，专门挑选了一间豪华茶室。两个日军就站在门口，一直等着他们。白玉山有些紧张，看了一眼日军，小白菜明白了，说这两个是新来的，不懂咱们的话。白玉山就把真实情况告诉了小白菜，说明天中午前必须搞到圆钢。小白菜想了想，明天大岛下去视察，是个好机会，让白玉山明天上午去烟台山等她，那里有日军控制的一个钢厂。

"你有什么办法能弄到货？"王木林不放心地问。

"我可以搞到他们的批文。"

白玉山担心小白菜的安危，问道："很冒险吗？"

小白菜笑了笑说："很简单的，哥哥不用担心。再说了，我这条命是为哥哥留下的，一直等着哥哥呢。"

白玉山很感动，忙说："你好好活着，总有一天会获得自由的。"

其实白玉山没明白这几句话的真正意思，这是小白菜向他最后的表白。

第二天上午，白玉山带着江南春和王木林，早早在烟台山等待了，牟家的大马车也到了，就等小白菜出现。快到中午的时候，小白菜还没有到，白玉山的心悬了起来，她会不会出事？王木林耐不住性子，又在一边发牢骚："这种女人的话也能信？她肯定是耍我们。"这次白玉山没说话，江南春听不下去了，朝王木林瞪眼，说："你闭嘴，再说我撕烂你的臭嘴！"王木林也不示弱："牟家马夫已经等焦急了，再不装车，人家就走人了，小白菜人在哪儿？"

白玉山没心思听他俩吵架，眼睛一直盯着过来的人力三轮车，他相信只要小白菜不出事，就一定会来的。突然间，一辆日军吉普车停在一边，车门打开，两名日军士兵走下来，随后小白菜也走下吉普车。

小白菜走过来，把一张纸递给白玉山说："曾哥哥，等久了吧？快去办事吧，我就不打搅了。"

趁别人不注意，她将一把手枪塞给了白玉山，小声说："要快，大岛快回来了。"

白玉山顺手把手枪藏进衣袖内，迅速去了日军控制的钢厂，在办事人下班前递上了批文，将十几根圆钢搬运到大马车上，又在马车上面堆了几麻袋麦麸子，马不停蹄地朝城外走。

接连经过伪军四个炮楼，白玉山都是甩给伪军一些钱，马车就顺利过了哨卡，进入了栖霞地界。牟家在栖霞还是很有面子的，他们家族控制了栖霞多半土地，只佃户就有一百五十多个。牟家的二爷是栖霞商会会长，伪县长都要三天两头去牟家喝茶，炮楼里的伪军一般不会跟牟家过不去。

白玉山很有兴致地掏出小白菜送给他的手枪把玩起来，这把手枪比起江南春的盒子炮精致多了，看上去小巧玲珑的。王木林眼睛瞪圆了，在他的印象中，最好的手枪就是"王八盒子"了，这把手枪从来没见过。江南春只瞅了一眼，就惊讶地说道："哎呀，撸子！"

白玉山傻乎乎地问："撸子好吗？比你的盒子炮好吗？"

"这么跟你说吧，日本军官有一把撸子枪，也算是很有身份的人，这把撸子一定是大岛的心爱之物。"江南春有些疑惑，又说，"如果大岛把这把手枪给了你妹，说明大岛真的喜欢她，不过她把撸子给了你，恐怕……"

江南春没说下去。远远看去，前面又到了一个炮楼，白玉山把给伪军的买路钱准备好了。马车距离炮楼哨卡还有不足一百米，王木林突然觉得不对，有二十多个伪军趴在哨卡旁边的沙包后，这是一种战斗状态呀。他忙喊车夫停下，说："不对呀，那么多二狗子在哨卡后面，看见了没有？快把手枪给我！"

白玉山瞪了王木林一眼，以为他就是找理由要手枪，这是小白菜送的礼物，才不给他呢。"别大惊小怪的，快走，这是栖霞地界了，有谁拦截牟老爷家的马车？大不了再给点儿钱。"白玉山催促车夫。

马车又走了几十米，江南春也觉得不对，按说这时候，伪军应该喊他们停车了，怎么没动静？正纳闷时，看到一支枪口慢慢抬起来，他忙摁住白玉山说："趴下！"

枪响了，密集的子弹从他们头顶飞过，马受惊后狂奔起来，正好冲过了伪军的哨卡，把两个伪军差点儿碾死，可惜闯过去没跑多远，车轮陷在路边的沟坎里不能动了。这时候，王木林一把从白玉山手里夺走手枪，说道："都趴着，别动，等二狗子走过来！"

过了一会儿，伪军停止射击，发现马车没有任何动静，就慢慢包围上来。王木林瞄准走在前面的伪军，待他们距离马车还有二十几米的时候，王木林开枪撂倒了几个伪军，又把腰间的手榴弹甩了出去。伪军挨打后，撒腿朝后跑，王木林对身边的江南春和白玉山喊："快，把枪捡回来！"

白玉山跳下马车，在地上翻滚了几下，一把抓住那支三八步枪。这时候，江南春也捡起另一支枪。王木林趴在马车下面，用马车做掩体朝伪军射击，无意中发现车轮子卡在两块大石头之间，只要马车向前动一下就可以了。

车夫胆战心惊地从路边爬出来，使劲抽了一鞭子，两匹马昂起前蹄猛力拽拉，马车终于朝前奔跑了。这时候，刘好听到枪声，急忙带领县大队来接应他们。

王木林看到刘好，很不满地说："雨停了，你送雨伞来了。"

刘好抹了一把擦伤的前额，气得骂道："我就该给你抬口棺材来！"

白玉山发现王木林手里拿着三八步枪，那支撸子手枪不见了，忙向王木林讨要，王木林拍拍腰说："哎哟，哪儿去了？是不是刚才我在地上打了几个滚儿，丢了……"

不等他说完，江南春伸手从他后腰摸出手枪，交给了白玉山。"这点儿小把戏，糊弄谁？"江南春不屑一顾地瞅着王木林，弄得他很尴尬。

白玉山小心地藏起撸子手枪，突然有了疑问，伪军为什么拦截他们的马车？难道他们知道马车上拉着圆钢？

几天后这个疑问有了答案。小白菜答应帮助白玉山的时候，就知道自己的生命该结束了，她不想拒绝白玉山，又不可能瞒住大岛，因此在偷了批文、离开大岛屋子的时候，顺手拿走了大岛的撸子手枪。

她把批文交给了白玉山，并没有马上回去，而是走到海边，登上了烟台山险峻的石崖。午饭时分，大岛应该回到指挥部了，而她却坐在石崖上悠闲地看海。她不可能再回去了，也回不去了，她在为白玉山争取时间。

终于，她站起来朝身后看了一眼，似乎看到白玉山安全离开了烟台城。她转过身子，面向大海展开了双臂，像海鸥一样飞翔起来……

小白菜给自己的人生画上了句号。

二十二

白玉山病倒了，显然是因为小白菜。

兵工厂的人都知道小白菜的故事了，他们自发地在北路沟村外的山丘上，为小白菜筑起一座坟墓，前面立了一块并不规则的石头。尽管墓穴内是空的，石头上也没有任何文字，但是大家都在政委陈景明的带领下，站在坟墓前脱帽鞠躬，表达他们对小白菜的敬意。

"她是为抗日而死的。为抗日而死，就死得光荣。"陈景明说。

似乎已经没有眼泪了，白玉山对着坟墓鞠了三个躬，转身去了车间。接连半个多月，他昼夜待在车间内，困了就坐在车床旁眯一会儿，有时候掏出揣在衣兜里的那颗子弹头看几眼，困意就消失了。子弹头是从吴太太胸前取出来的，他幻想有一天，子弹头会自动飞入敌阵，穿过成千上万敌人的胸膛。时间久了，这个子弹头就成了仇恨的种子，在他内心生长。

白玉山在研制炮身的后座簧，一直找不到合适的材料。他试着用钢棍缠出一根后座簧，钢丝太硬缠不动，他就用车床丝杠缠，好容易缠出了一根，没想到淬火后，后座簧没有弹性，试验失败。再换别的材质，还是失败。

有人开始怀疑了，白玉山真能造出比八二迫击炮还要好的大炮？还是别折腾了，倒不如多造一些手榴弹更实用。江南春跟白玉山是好朋友，他也劝白玉山不要一条路走到黑，九二步兵炮制造标准很高，兵工厂连基本的设备都没有，就算你再有能耐，也不能用手捏出一门大炮来。

白玉山执着地说："我能，我就是要用手捏出一门大炮来！"

就在白玉山埋头研制大炮的时候，大岛指挥日伪军对胶东平度和掖县交界处的大泽山进行"扫荡"，企图消灭我八路军主力部队。胶东八路军抗日力量集中优势兵力，跟日军展开消耗战，死死拖住了日军前进的脚步。然而，国民党九区专员蔡晋康竟然趁火打劫，联合国民党军整编第十二师师长赵保原等几十股国民党顽固派，组成了五万多人的"抗击八路军联军"，配合日军进攻胶东抗日根据地，占领了胶东抗日根据地的战略要地牙山。

牙山是栖霞境内的制高点，也是连接东、西根据地的重要枢纽。蔡晋康以此为依托，兵分三路，向东海抗日根据地发动了全面进攻，切断了胶东八路军之间的联系，对我抗日根据地构成了严重威胁。

严惩蔡晋康刻不容缓！胶东军工生产委员会给兵工厂下达命令，务必尽快制造一批捷克式轻机枪，为讨伐蔡晋康等顽敌做准备。

消息传到兵工厂，虽然大家都痛骂国民党顽军，却没人责怪江南春，只是见到他时，比往常多看几眼。就是多看的这几眼，像锥子一样扎在江南春的心头。

"国军的耻辱！"他咬牙切齿地说。

兵工厂没有捷克式轻机枪的图纸，周海阔带领白玉山几个人摸索着研究设计，却总不得要领。"如果有一挺轻机枪就好了！"白玉山对周海阔说。

江南春在一边听了，突然说："能搞到一条狗吗？要活的。"

江南春好几天不怎么说话了，他一张嘴，把大家吓了一跳。这边说枪，他怎么突然要狗？

"要狗干啥？想吃狗肉了？"王木林嘲弄地看了一眼江南春。国民党顽军占领牙山，挥刀砍向抗日力量，他表面上没对江南春说什么，但心里还是很别扭的。

"去换一挺捷克式轻机枪。"江南春说。

"用狗去换一头猪差不多，想要换一挺机枪，你要提着自己的脑袋去！"

周海阔狠狠瞪了王木林一眼，说："你的嘴怎么就不能歇一会儿，也不怕磨出老茧子。"周海阔估计江南春说这种话，一定有自己的道理，就追问下去。江南春说附近炮楼内有捷克式轻机枪，一般都架在炮楼上面，要想得到必须把炮楼攻打下来。白天攻打炮楼肯定要吃亏，一般都在晚上，可炮楼里的伪军到了晚上都是缩头乌龟，你就是骂他八辈子祖宗，他也不会走出炮楼。不过也有例外，如果伪军看到一条狗从炮楼前面跑过，会不会走出炮楼？

周海阔笑了，说："这买卖，我做定了！"

在乡下找条狗不是一件容易事，老百姓肚子都吃不饱，哪有心思养狗？只有那些大户人家才有养狗的能力。周海阔派人走了好几个村子，才从一个保长家里买了一条狗。但问题又来了，怎么才能把这条狗送到炮楼底下？总不能把狗嘴扎住不让它叫唤吧？

周海阔觉得是个难题，王木林却说很好办，让狗睡觉就可以了。周海阔觉得王木林又在抬杠，你让狗睡觉它就睡？王木林说："周厂长忘了吧？我当初怎么把白玉山弄到兵工厂的？"

白玉山在一边听了很生气，说："我是人不是狗，当初的事，还没跟你算账呢！"周海阔听明白了，高兴地拍巴掌，让王木林赶快做准备。

当天晚上，几个人用麻袋装了狗，抬到炮楼外的土丘后面，把狗从麻袋里倒出来，发现狗还在呼呼睡，于是蹲在一边等待狗苏醒过来。等了两个小时，狗依旧死睡，大家有些焦急了，就问王木林怎么搞的。"这还用问？过量了。"王木林担心走到半路，狗醒过来吠叫，就给它多喝了一些迷魂汤。

一直等到后半夜，狗才哼哼唧唧地醒过来，于是急忙把它送到炮楼对面的土路上。结果狗晕晕乎乎走着，一声不叫，如果这么走过去，伪军不可能看到它，怎么也要弄出点儿动静来才行。周海阔问谁会学狗叫，白玉山说他可以。白玉山对着炮楼叫了两声，探照灯立即扫射过来。尽管白玉山学狗叫的声音并不太像，但土路上有条狗晃晃荡荡走着，岗楼顶上值班的伪军也不细想，都大呼小叫起来。

"哎哎，快看，一条狗！"

"嘿，送上门的狗肉啊！"

……

说着，伪军的几支枪同时响了。有人大喊："是我打死的！"

炮楼的门打开了，两三个伪军同时跑出来，去抢夺那条狗。王木林和警卫排几名战士迅速冲进了炮楼，睡觉的伪军已经被打狗的枪声吵醒了，坐在大通铺上骂娘。王木林丢了两颗手榴弹，炮楼内就乱了套，他趁乱冲上二楼，轻机枪就摆在二楼的射击孔上，旁边还堆放了两箱子弹。王木林拽起轻机枪交给身边战士，顺手扛起一箱子弹，这种事他总是最贪心。抢夺狗的伪军听到炮楼内的爆炸声，急忙朝后跑，但他们回不去了。周海阔喊了一声"打"，枪声响成一片，伪军死得比狗还惨。

王木林扛着子弹箱跑出炮楼，身后追赶他的伪军听到外面的枪声，赶紧缩回炮楼，关上了大门。

周海阔他们回到北路沟村子时，天已微亮。白玉山和江南春全无睡意，立即拆卸捷克式轻机枪，一个个零件查看，边看边测量设计，绘制出一套加工使用的图纸。

制造捷克式轻机枪需要精密加工的铣床，兵工厂没这东西，白玉山跟江南春商量，用铜钱和废钢铁制造出一台实用的土铣床。没有冶金用的鼓风机，他们就自制了特大的风箱，男女老少齐上阵，喊着号子拉风箱，把那些杂乱的铁器制成了合乎要求的枪管、枪座、枪膛、弹槽……两个月后，他们便生产出了十四挺捷克式轻机枪，送到前线部队。

白玉山他们没有参加反击蔡晋康的战斗，只是听到了捷报。八路军狠狠教训了以蔡晋康、赵保原为首的所谓抗击八路军联军，收回了战略要地牙山。战斗中，八路军缴获了蔡晋康的兵工厂和修械所的大量机器设备，第一时间送到了八路军胶东兵工厂。同时送来的，还有缴获的大量食品。那天，北路沟村来了好几位八路军首长，感谢兵工厂制造的捷克式轻机枪。几位首长参观兵工厂车间，突然发现白玉山正准备制造的平射炮，非常兴奋地说："要真能造出这家伙，哪怕是一门，我们跟小鬼子打仗就有底气了！"

虽然有了机器设备，但平射炮的后座簧一直不过关。有人说是淬火技术不行，也有人说是钢棍质量有问题。"你说哪儿的问题？"周海阔问白玉山。在这方面，白玉山是专家。

白玉山想了想说："都有问题。我想到了一种东西可以用来制造后座簧，就是怕搞不到。"

周海阔说："别管能不能搞到，你先说是什么。"

"火车厢下面的盘簧钢。"

周海阔一听，觉得有道理，可去哪儿弄这种东西？白玉山说要想弄也不难，日军从烟台开往青岛的火车，要在栖霞桃村站停留十分钟，我们可以趁机搞几个盘簧钢。周海阔吃惊地看着白玉山，说："你的胆子越来越大了，经过桃村的火车，都是运输日军重要物资的，车站有重兵把守，你怎么搞？"

白玉山说了自己的计划，周海阔琢磨了一下说："值得赌一把，这件事要请刘好的县大队帮个忙！"

桃村火车站是日军货运中转的大站，里面有一个小队的日军和一个连的伪军把守着。火车站北边和南边各有一个炮楼，各驻扎着一个加强排的兵力。这三个地方形成一个铁三角，任何一方有动静，其他两边都会赶过去增援。最麻烦的是，白天才有在桃村火车站停靠的火车，也就是说袭击战要在白天打响，会遇到很多意想不到的困难。

　　这是一场硬仗，这场硬仗的目的，就为了弄几个盘簧钢。周海阔召集刘好等人研究作战方案，决定兵分三路：刘好带领县大队攻打最北边的炮楼，火力要猛，拉出要拔掉炮楼的架势，逼迫南边炮楼和火车站的敌人前去增援；周海阔带领警卫排埋伏在火车站附近，待火车站的敌人出动增援北炮楼时，迅速控制火车站，掩护技术工人拆卸车厢下面的盘簧钢；王木林、白玉山和江南春等人，带领兵工厂最能战斗的三十多名工人，埋伏在火车站和北炮楼之间的山丘上，火车站的战斗打响后，支援北炮楼的日伪军必然会折返回去支援火车站，这时候王木林等人在山丘上居高临下阻击敌人，为火车站技术工人争取时间，同时刘好的县大队必须拖住北炮楼的敌人，不让他们出来增援。

　　王木林非常兴奋，这倒不是因为他是第三组的指挥员，而是他觉得第三组的战斗任务最重要。"我们就是咽喉处，要牢牢卡住折返的敌人，给火车站争取时间。"他在战前的分析会上，对白玉山和江南春说。

　　平心而论，王木林打仗就是比白玉山和江南春有经验，他首先想到的不是跟敌人死拼硬扛，而是用智慧杀伤敌人。他让工人带了几筐地雷，等到火车站的敌人赶去增援北炮楼时，把地雷埋在大路上。"孙子们，让你们出得去，回不来！"埋了一片雷后，他又指挥工人在大路上挖了一些虚坑，然后又在一边的小路上埋了地雷。他猜测，敌人在大路上踩响地雷后，看到前面很多坑洼地方，肯定要从大路转到旁边的小路，正好又进了雷区。

　　当然，他们阻击敌人的山丘，距离地雷区还有二里路，这段路敌人一定走得胆战心惊。等到敌人终于直起腰走路的时候，他们的枪口早就等候在山丘后面了。

战斗打响后，一切都按照王木林的设计进行，只是有一点王木林没想到，火车站那边，周海阔遇到了敌人的顽强抵抗，好半天才控制了火车站。再加上折返回去的敌人疯狂地争夺山丘制高点，战斗持续了半个小时，打退了敌人四次进攻，火车站那边仍没撤退。王木林有些不满了："他们是怎么搞的？不就是从火车下面拽几根簧吗？比生孩子还费劲！"

白玉山靠近王木林说："怎么办？我的步枪没子弹了。"

王木林说："没事，你还有撸子手枪。"

白玉山气得不搭理他，掏出手榴弹握在手里，等待敌人再次进攻。江南春的步枪也没有子弹了，对王木林说："再拖下去，咱们可顶不住了。"

"没子弹就用石头砸，反正周厂长那边不撤离，咱们就要阻击到底。"

江南春很不满地说："石头在哪儿？这山上连石头都没有。"

王木林从裤兜里掏了一些子弹，丢给了白玉山和江南春。白玉山很吃惊，仔细打量王木林的裤子，他的裤子像麻袋包一样，里面有很多个兜兜儿。

"咦？你哪来这么多子弹？"白玉山问。

王木林笑了，很得意地说："大旱三年，饿不死做饭的。"

"你、你私藏子弹？"

"啥叫私藏？我这是加班加点多干了一些活儿，你不用拿回来！"

王木林要收回子弹，白玉山忙抢过去，他觉得这个时候，子弹格外亲。不过这些子弹并没有射出枪膛，因为火车站那边已经撤退了，他们完成了阻击任务。

回到兵工厂，白玉山就把盘簧钢拿来淬火，检验它的质量。经过几次试验，终于成功了。之后，白玉山又研究使用球墨铸铁制造平射炮钢炮弹，造出了瞬发引信和延发引信两种炮弹，填装了江南春研制的苦味酸炸药。

前前后后两个多月的时间，这门仿制的口径一百毫米的九二步兵炮诞生了，兵工厂的人既高兴又怀疑，围着它好奇地打量。

"伙计，你千万别是哑巴呀！"周海阔拍打着炮筒说。

白玉山心里也忐忑不安，这门炮能不能打响？他盼着赶快拉出去测试。可是测试这么个大家伙跟测试轻机枪不一样，没有一个宽敞的地方，怎么测试？万一动静太大，把敌人招来就麻烦了。

这时候，胶东八路军正准备攻打牟平县水道据点，这个据点是敌人在烟台以南修筑的第一个大据点，也是敌人海陆连接点以及卡住通往解放区道路的重要屯兵基地，因此修筑的工事非常坚固，而且易守难攻。拔掉这个据点，对粉碎敌人分割胶东解放区的阴谋、打掉敌人的嚣张气焰、鼓舞我军士气，都有着重要意义。胶东军区司令部得知兵工厂造出了九二步兵炮，立即把它调到了前方阵地。白玉山和江南春心里都不踏实，跟随九二步兵炮去了前方阵地。

炮兵手第一次操作这种炮，非常紧张。战斗打响后，面对高大的目标，第一炮竟然打飞了。白玉山当场指导炮兵手，重新校正瞄准尺度，打出了第二发炮弹，只听轰隆一声，敌人坚固的大碉堡被炸飞了半截子，敌人没遭遇过这么大威力的炮弹，只顾抱头逃命，完全放弃了抵抗。随着军号声，八路军战士冲进碉堡，只用了一小时就干净利落地结束了战斗。

如果没有这门大炮，八路军至少要攻打一天时间，不知道有多少人伤亡。胶东军区司令员高兴了，围着大炮转了几圈，对白玉山大加赞赏，问道："这门炮叫什么名字？"

白玉山回答："平射炮。"

司令员摇头。江南春急忙纠正说："九二步兵炮。"

司令员还是摇头，见白玉山和江南春一脸不解，就解释说："这是我们自己制造的大炮，要有自己的名字，栖霞最高的山叫牙山，我看就叫牙山炮吧。"

从此，白玉山和江南春制造的牙山炮，成为八路军攻营拔寨最有威力的武器，在战斗中屡建功勋。

二十三

日军苦心经营的水道据点毁于一旦，大岛得知炸毁碉堡的大炮是八路军兵工厂自己生产的，他气急败坏地把康川训斥一顿，如果康川不能一个月内"剿灭"八路军兵工厂，就剖腹谢罪。

此时，大岛已经得到了日本华北方面军司令官冈村宁次的指令，为了稳定山东战局，他将亲临烟台指挥胶东"大扫荡"，妄图彻底打垮胶东抗日力量。大岛希望康川能赶在冈村宁次到达烟台前，消灭胶东兵工厂，从而切断八路军的武器供应线。

康川找到张贵，问他最近有没有兵工厂的消息。上次让兵工厂不翼而飞，康川憋了一肚子气，命令张贵打探兵工厂隐藏到哪里了。几个月过去了，安插在兵工厂的眼线，怎么一点儿动静没有？

张贵也在纳闷，李志新这个王八蛋，怎么一点儿动静没有了？

张贵只能依靠自己的两条腿了，他带领伪军四处寻找兵工厂的踪影，不但没有找到，还被县大队打了几次伏击，差点儿把他的老命赔上。

一晃就是深秋。山坡黄了，那些供八路军藏身的沟壑间曾经茂密的灌木林越来越稀疏，清晰地裸露出山崖石壁和交错的小路，天气也越来越凉了。秋后的季节，是日伪军"扫荡"的最佳时机，而对于八路军来说，最艰难的日子开始了。

刚进入 11 月份，日军开始频繁调动周边部队，到处拉壮丁和车夫，尽管八路军和地下党组织并不知道冈村宁次要亲临烟台，但种种迹象表明，又一场"大扫荡"就要开始了。

烟台城风声鹤唳，一片山雨欲来的景象。短短一个月，胶东就集结了一万五千日军和五千伪军，布下了一张无形的大网。11 月 23 日，冈村宁次从北平飞临烟台，下达了"大扫荡"的命令。早已做好准备的日伪军，沿海阳小纪、孟格庄、徐家店向马石山逼近，以机枪和火炮开路，四处寻找胶东八路军主力部队。最初，他们像轰赶鸟群一样，到处开枪打炮，逼八路军从隐藏的地方开始转移，然后采取拉网式搜索，以炮楼据点为依托，步步为营，一个山头一个村庄地"扫荡"。八路军主力部队大部分突破了敌人的包围圈，但是后勤人员和游击队，都被日伪军赶着推进，越走空间越小，慢慢钻进了敌人设下的口袋中。

胶东兵工厂在周海阔的带领下，掩埋了机器设备，卸下包袱跟敌人周旋。"大扫荡"一周后，周海阔接到交通联络员王木秀送来的情报，告诉他们栖霞樱桃沟一带比较安全，让他们立即朝樱桃沟一带转移。中午时分，周海阔率领兵工厂人员转移到了樱桃沟中部，突然觉得不对劲儿，怎么四面八方有那么多人朝这里拥来？长不足五公里、宽几十米的樱桃沟，竟然拥进了四千多人。他立即派王木林前去打听情况，才知道这些人由好几部分组成，有八路军机关干部、后勤部门人员、八路军家属和普通群众，他们都听说樱桃沟一带比较安全，才赶过来。

周海阔对陈景明说："坏了，这肯定是敌人的口袋阵。"

话音未落，四周山顶上突然枪声大作，有五千多日伪军早就占领了有利地形，机枪和小钢炮架在沟两岸的制高点上，子弹雨点儿般倾泻下来，慌乱的人群东突西闯，全无章法了。眨眼间，几公里长、几十米宽的樱桃沟就被人流堵死了。

周海阔仔细观察了周边地形，发现樱桃沟只有下面的一条出口，冲出去就是开阔地带，但是出口的制高点，早就被日伪军抢占了，像瓶颈一样卡住了军民突围的生命通道。

八路军兵工厂本来也是非战斗部队，但面对机关部队、后勤人员以及几千名群众，兵工厂倒成了唯一具有战斗力的部队。周海阔明白，如果他们甩下这些机关后勤部队和群众，完全可以突围出去。但现在，他必须做出一个艰难的决定，留下来。

周海阔命令刘排长去人群中将能战斗的机关人员组织起来，不管是哪个部队的，统一听政委陈景明指挥。他说："政委，你和刘排长带领警卫排还有这些临时组织起来的战斗队，保护机关人员和群众突围。兵工厂是男人的都跟我走，拿下制高点，控制突围出口。"

陈景明说："你带领大家突围，我来夺取高地。"

周海阔有些烦躁，喊道："别啰唆，时间不等人，赶快行动！"

开始站队了。王木林、白玉山、江南春等人，毫不犹豫地站在了周海阔身边。邓月梅把白银交给了槐花和李大叔，也站在周海阔身边。

周海阔愣了一下，一把拽出她说："你是男人吗？跟着政委突围去！"

邓月梅坚定地回答："我是八路军军医，哪里有枪声哪里有流血，哪里就要有我！"

周海阔愤怒地说："听从命令！"

邓月梅不能再执拗了，时间真的不等人，她决定跟随陈政委掩护群众转移。周海阔看了一眼白玉山和江南春说："你们俩，出列！跟上陈政委突围！"

江南春和白玉山都站着没动。

江南春说："我是军人！"

白玉山想了想，忙说："我是男人！"

周海阔已经没时间跟他们纠缠了，每一秒钟都有人员伤亡，必须立即拿下制高点。他看了看眼前的一百多个男人，突然提高了声音说："同志们，我们兵工厂能够生存下来，发展壮大，是胶东人民付出巨大牺牲换来的，今天，该到我们回报他们的时候了！看清了，拿下这个高地，扼守出口，掩护群众转移！跟我来！"

白玉山感觉浑身的血都冲向头顶，头发都快立起来了。耳边是呼啸的子弹，不断有人倒下去，他踩着一个个人的胸脯和大腿，朝山顶冲去。一个日军端着刺刀朝他刺过来，他身子晃过日军士兵的刺刀，把自己的刺刀插进了对方的胸膛。

"散开，打！"是周厂长的喊声。

白玉山瞥了一眼，发现王木林就在他身边，嘴里唠唠叨叨说着什么，边说边打，像是小孩子过家家。他也学着王木林的样子，嘴里唠叨着射击。他看得清楚，沟底的人流潮水般一波又一波冲了出去。

陈景明和刘排长各带一支队伍，一前一后护送机关人员和群众突围，从沟底杀开一条血路。他们突破了三道日军封锁线，最后一道是张贵带领的伪军把守着。面对手无寸铁的人流，张贵愣住了，嘴里喃喃地说："天哪！这要赶尽杀绝呀……听我命令，枪口抬高一寸，射击！"

张贵给突围的人留下了一条生路。

第一批带出去了，陈景明和刘排长又杀进包围圈，将第二批、第三批带了出去。

邓月梅开始跟随陈景明掩护群众转移，她把槐花和白银安全护送出去，又跟着陈景明杀回了包围圈。这时候，她遇到了几名受伤的机关女干部，立即帮她们包扎伤口，搀扶着她们走路。后面上百名日伪军像赶羊一样，赶着她们追杀，到最后她们实在跑不动了，看到前面有一间小房子，急忙躲了进去。

小屋里已经躲藏了十几位受伤的女人，说是躲藏，其实就是掩耳盗铃、无路可走的无奈选择。突然间，邓月梅听到有人叫她的名字，声音虚弱，走过去一看，竟然是王木秀。王木秀胸口流着血，显然已经无法救治了，邓月梅还是扯碎了衣服，帮她简单包扎起来。

这时候，大约二十多个日军士兵把小屋团团围住，野兽般喊叫，让她们出去。不知道为什么，邓月梅突然想起那次给白玉山写信的情景。但这一次，她是真的出不去了。

邓月梅掏出一枚手榴弹，王木秀立即明白了，她吃力地靠近邓月梅身边，紧接着，一个个女人靠拢过来。就在日军踹开房门的时候，邓月梅沉着地拉响了手榴弹。

制高点上，兵工厂人员已经伤亡大半。周海阔看到困在樱桃沟的机关部队、后勤人员和群众，大都已经突围出去，正准备下令撤退，不料大批日伪军围了上来，想撤退都走不掉了。大岛大佐恼羞成怒，五千多精良装备的日伪军，竟让几千名赤手空拳的机关部队和群众突围出去，大岛大佐觉得是奇耻大辱，大骂手下指挥官无能，还狠狠给了康川一个嘴巴。

大岛亲率两千多日伪军，向周海阔他们发起进攻，他要找回一些面子。周海阔他们坚守的阵地，已经被炮弹翻了一个遍，脚下是很厚的松土，就连那些千斤重的石头，都被炸成了拳头大的碎石。

战斗从中午打到了下午四点，天色开始暗了，身边的人越来越少了。当阵地上再次寂静下来的时候，周海阔清点人数，剩下不到二十人了，他自己也受了重伤，几乎不能站起来。他就坐在地上，招呼大家围拢过去，说道："兵工厂所有人都是好样的，我们不愧是胶东人民的子弟兵。从现在开始，你们听王木林指挥，想办法突围几个出去，给我们兵工厂留个种。只要有一个人活着出去，我们胶东兵工厂就一定还能站起来！"

这时候，白玉山凑到周厂长身边，说道："死我不怕，可我有个请求，不知道周厂长能不能答应。"

"说吧，什么请求？"

白玉山看着周海阔的八路军军装，说道："我希望自己能穿着八路军军装死去！"

周海阔立即脱下上衣，摘下军帽，递给了白玉山。尽管军装破破烂烂了，但白玉山穿在身上，还是很威武地给周海阔行了个军礼。

几个战士躺在地上歇息，等待最后一轮的拼杀。江南春整了整自己的国军军装，仔细地擦去了帽徽上的泥土，然后掏出一张纸，在上面写了一句话：国民党军人江南春战死沙场。

王木林轻轻走到白玉山身边，靠在他后背上小声说："你如果能出去，请照顾好槐花。"

白玉山掏出小白菜送他的撸子手枪说："给你吧，你要是能出去，给木秀问个好。"他不知道王木秀已经先于他们牺牲了。

一枚炮弹呼啸着落在阵地上，又一轮进攻开始了。没有子弹，阵地上连石头都没有了，只剩下几枚手榴弹和卷了刃的刺刀。当敌人再次冲上阵地的时候，周海阔抱住一个日军，拉响了手榴弹。

江南春拼刺刀，放倒了两个日本兵，三四个日军围上来，一把刺刀突然从他的后背刺进去。他晃了晃，终于倒下去。

阵地上最后剩下的，是两个邻居——白玉山和王木林，十几个日军朝他们逼近。王木林对白玉山说："你快跳崖，命大的话，兴许能活下来，记住周厂长的话，只要有一个人活着出去，我们胶东兵工厂就一定还能站起来！"

白玉山坚持不走，他端着刺刀，做好了跟敌人拼命的准备。趁他不注意，王木林猛地将他推向了悬崖，随即把手里断了的步枪丢掉。

日军看到赤手空拳的王木林，高喊着抓活的，等到他们都冲上来时，王木林突然拉响了藏在身上的一颗手榴弹。

"我说了，大旱三年，饿不死做饭的！"

创作背后的故事

　　2010 年初，根据我的长篇小说《牟氏庄园》改编的同名电视剧播出后，有一位叫姜桂芝的老人，在我的博客里留了一封信，向我求证《牟氏庄园》里的女主人公姜振帼是不是她的姑母。据她介绍，她的姑母是山东黄县人，后嫁给了栖霞牟家。我根据自己掌握的资料，告诉她姜振帼不是她寻找多年的姑母。之后，她又给我来信，希望我能够把胶东兵工厂的故事写出来，拍成电视剧。她说："我曾经跟随胶东兵工厂在你的家乡栖霞生活了三年多，这段时间是栖霞百姓养活了我们一家人，更重要的是，这里是我革命思想启蒙教育的摇篮，我对这片土地有着深厚的感情。几十年来我每次回家，不论是坐火车还是坐汽车，路过栖霞时，总是久久凝视着那高高的牙山和胶东抗日烈士纪念塔。我很希望童年时的那段记忆能变成电视剧，可惜我没有这个本事，寄希望于您。"

　　这位八十多岁的老人，语气之恳切，情感之真挚，让我动容。在这封信中，姜桂芝老人讲述了她小时候跟随胶东兵工厂生活的见闻，以及她父亲的传奇故事。对于胶东八路军兵工厂的这段历史，我早有耳闻，兵工厂在栖霞七八年，栖霞市苏家店镇的前寨和后寨村，至今仍完整地保留着兵工厂的房屋。当年兵工厂在牙山脚下的村庄隐藏时，制造出了平射炮，被胶东八路军司令员许世友命名为"牙山炮"。

作为亲历者，姜桂芝的讲述非常珍贵，她介绍了兵工厂中的十几个孩子，在读书班里的趣事，尽管兵工厂三天两头转移地方，躲避日军的"围剿"，但读书班从来不缺少笑声，那些战火中的岁月，令人感叹。还有她父亲带有传奇色彩的故事，更是我闻所未闻。我当时很激动，答应她，一定把胶东八路军兵工厂的故事写出来。

没过多久，我在乘坐火车的时候，电脑被盗，姜桂芝老人从网上看到这个消息后，立即给我写了一封信。

衣向东先生您好：

我是那个曾向您征询过姜振帼是不是我姑母的八旬姬。看到您博客的公告，得知您的电脑在火车上被盗，估计我发给您的那份兵工厂的材料也没啦，那是栖霞人民光荣的历史，也是中华儿女浴血奋战抗击日寇的历史，我的父亲和三哥也是那里的一分子。尽管我的父亲在家里不是一个好父亲，但他作为一个拿着高薪的轮船大副、吃喝嫖赌俱全的纨绔子弟，能毅然投奔胶东八路军兵工，这一点让我对他永远崇敬。我过去发给您的信息不管对您有用还是无用，我还是再发给您一次，请您原谅我的执着和真挚渴望的心情。

姜桂芝

2010.9.19

　　由于各种原因，我一直没动笔。四年后，当我静下心来要写胶东八路军兵工厂的故事时，再跟姜桂芝老人联系，却一直没有她的回信。我想，十有八九她已经离世了。我觉得很对不起她。她如此信任我，满腔热情地给我提供了那么多有价值的资料，或许还在一天天地等待这些故事搬上荧屏，而我却让她在失望中耗尽了自己的生命。

　　后来，我专门请《烟台日报》的记者去寻找过姜桂芝老人，她曾经居住的村子现在属于烟台开发区，只是没有找到她的信息。

　　于是，我在写胶东八路军兵工厂的故事时，内心便怀有深深的自责和遗憾。

　　《敌后兵工厂》这部小说，大部分的故事和细节都是真实的，我搜集了许多胶东八路军兵工厂老人的回忆文章，结合姜桂芝老人提供的资料，以姜桂芝老人的父亲为原型，写一个纨绔子弟被胶东兵工厂"绑架"到山里，从最初的抗拒到后来无条件地合作，主动担当起作为中华子孙的责任，最终完成了自己人生的蜕变，成为千千万万中华民族优秀子孙中的一个。

　　如果姜桂芝老人还活着，我不知道她看了我写的胶东八路军兵工厂的故事，能否满意。我非常希望她能看到我写的这些故事。

　　我对她的承诺，不会因为时间的推移而改变。这些故事搬上荧屏的那一天，或许我才会安心一些。

2022 年初夏